DREAMBOOKS

신라전설 독룡

시니어 신무협 장편소설

ORIENTAL FANTASY STORY & ADVENTURE

dream
books
드림북스

수라전설 독룡 8 수라의 적

초판 1쇄 인쇄 2019년 6월 11일
초판 1쇄 발행 2019년 6월 25일

지은이 시니어
발행인 오영배
편집 편집부
일러스트 eunae
본문편집 오정인
제작 조하늬

펴낸곳 (주)삼양출판사 · 드림북스
주소 서울시 강북구 도봉로 173
대표 전화 02-980-2112 **팩스** 02-983-0660
편집부 전화 02-987-9393 **팩스** 02-980-2115
블로그 blog.naver.com/dreambookss
출판등록 1999년 3월 11일 제9-00046호

ISBN 979-11-283-9570-3 (04810) / 979-11-283-9448-5 (세트)

드림북스는 (주)삼양출판사의 판타지 · 무협 문학 브랜드입니다.

수라전설 독룡
8
| 수라의 적 |
시니어 신무협 장편소설
ORIENTAL FANTASY STORY & ADVENTURE
dream books
드림북스

목 차

第一章 두 번째 기회　　　007

第二章 월하노인(月下老人)　　　061

第三章 허(虛)　　　089

第四章 청성산　　　129

第五章 결자해지(結者解之)　　　179

第六章 폭풍전야　　　241

第七章 수라의 적　　　293

第一章
두 번째 기회

묘월의 몰골은 처참했다.

녹아서 휑하니 구멍이 난 눈과 코에서는 피가 뚝뚝 떨어지고 부러진 갈비뼈가 살을 뚫고 튀어나와 있다.

내공으로 청철혈선사의 독기를 억누르고 있어서 기세는 아까보다 약해졌지만 살기는 더욱 심해졌다.

운정이 아픈 다리를 절면서 쌍홀박수를 치려 했다. 묘월의 신형이 흐릿해지더니 운정을 향해 불살검을 쭉 뻗고 똑바로 날아갔다.

"어딜!"

단령경은 소매를 입으로 당겨 물어 부러진 손목을 고정

시키고 묘월에게 달려들었다. 연거푸 발로 묘월을 걷어찼다. 묘월의 몸이 발에 맞을 때마다 흔들렸다. 그러나 때리고 있는 단령경도 발끝이 아려 왔다.

묘월은 단령경에게 맞으면서도 운정에게 공격을 가하길 멈추지 않았다. 섬뜩한 살기를 품은 불살검에서 검기가 쭉 뿜어졌다. 검기는 이 척 이상을 날아가 운정이 들고 있는 홀을 꿰뚫었다.

"으헉!"

검기는 운정의 배까지 뚫고 지나갔다.

운정은 발로 땅을 박차고 뒤로 몸을 빼냈다. 묘월이 검을 위로 휘둘렀다. 검기가 위로 솟구쳐 올랐다. 운정이 그 자리에 배를 찔린 채 그대로 있었다면 상반신이 반으로 갈렸을 터였다.

퍽! 퍼퍽!

단령경은 묘월의 턱과 부러진 갈비뼈를 연신 걷어찼다. 묘월의 몸은 피를 담은 주머니처럼 맞을 때마다 피를 왈칵 왈칵 뿜어냈다.

그러나 전혀 아랑곳하지 않고 맨손을 치켜들어 단령경의 목과 어깨의 중간을 후려쳤다. 그대로 맞으면 단령경은 목이 부러져 죽을 것이다. 단령경이 몸을 뒤틀어 등 쪽으로 장을 받아 냈다.

펑!

장력이 터지면서 단령경은 바닥에 엎드린 꼴로 처박혔다. 묘월이 단령경을 밟아 죽이려고 다리를 들었다.

진자강이 독침을 던졌다. 비선십이지의 묘는 담았으되 독침은 겨우 한 번의 호선만을 그렸을 뿐이다. 이미 쓸 수 있는 힘은 모두 끌어 썼다. 움직이는 것만도 기적에 가까운 일이었다.

묘월은 소매를 휘둘러 바람을 일으켰다. 독침은 허무하게 날려 갔다.

묘월이 바닥에서 고통스러워하며 꿈틀거리는 단령경을 짓밟으려 할 때였다. 묘월은 무엇을 느꼈는지 갑자기 고개를 눕혔다. 왼쪽 뺨을 스치면서 침 한 자루가 지나갔다.

펑!

눈이 보이지 않아 생긴 사각에서 한 자루의 침이 더 날아왔던 것이다. 물론 그것은 진자강의 짓이었다.

묘월은 바로 단령경을 발로 찍었다. 하지만 그땐 단령경이 정신을 차리고 피할 수 있는 때였다.

꽝!

바닥이 울리면서 애꿎은 흙먼지만이 잔뜩 비산했다. 묘월이 바닥을 불살검으로 찌르면서 단령경을 쫓아갔다.

푹푹푹!

단령경은 계속해서 몸을 굴려 달아났다.

"다 죽어! 그냥 다 죽어! 번뇌를 일으키는 만악의 근원들을 빈니가 모두 죽여 없앨진저!"

묘월의 광기에 정파 무인들은 기가 눌려 함부로 개입하지 못했다. 휘말리기 싫어서 오히려 멀찍이 물러났다.

덕분에 정파 무인들에게 둘러싸여 있던 몇몇 사파의 이들이 자유로워졌다. 그들은 단령경을 구하기 위해 묘월을 가로막았다. 그러나 그들은 이미 대부분이 중상을 입은 상태였다. 불살검이 휘둘러질 때마다 토막 난 주검이 될 뿐이었다.

하나 묘월에게도 한계는 있었다. 청철혈선사의 독 때문에 몸이 느려지고 검기가 탁해졌다.

장원의 식솔들을 보호하려다 부상을 입고 쓰러져 있던 광두 형제도 몸을 일으켰다. 광두 형제는 거의 기다시피 해서 정파 무인들에게서 벗어났다. 그러곤 주저앉아 숨을 헐떡이는 진자강에게 다가왔다.

광두 형제는 두 눈에 결연한 의지를 담고 진자강에게 고개를 끄덕여 보였다.

단령경을 쫓아가던 묘월에게 몇 가닥의 암기가 날아왔다. 묘월은 피하지도 않고 몸으로 암기를 받아 냈다.

팔뚝과 가슴, 허벅지.

편복이 던진 철제 시초가 혈도에 박혔다가 묘월이 힘을 주자 고스란히 튕겨져 나갔다.

묘월은 편복을 노려보며 살기등등하게 웃었다. 편복의 시초는 별다른 위협이 되지 않았다.

그러자 편복은 악다구니를 쓰며 욕을 해 댔다.

"지옥에나 떨어져라, 이 괴물아! 부처님께서도 네년을 지옥으로 보내시려 기다리고 계실게다."

묘월이 마주 소리쳤다.

"빈니가 지옥으로 가지 않으면 누가 지옥으로 가겠는가! 시주는 빈니의 걱정을 하지 않아도 될 것이니라!"

묘월은 편복에게 신경을 끄고 계속 단령경을 공격하려 했다. 그때에 광두 형제가 필사적으로 몸을 날려 묘월의 앞을 막았다.

광두 형제는 말 그대로 몸으로 묘월의 불살검을 막았다. 불살검이 형 쪽의 몸을 반쯤 가르다가 걸렸다. 형 광두가 맨손으로 불살검을 잡고 버틴 탓이다.

"우아아악!"

동생 광두가 몸으로 덮치며 불살검을 쥔 묘월의 손가락을 깨물었다. 묘월이 형 쪽의 광두를 더 베지 못하고 동생의 머리를 무릎으로 차며 팔을 당겨 검을 뽑아냈다.

동생 광두가 끝끝내 이를 악무는 바람에 묘월의 검지 끝한 마디가 끊겨 나갔다. 대신 동생 광두도 뽑아내는 검에 귀가 잘렸다.

광두 형제는 둘 다 이미 큰 부상을 입고 있던 탓에 그게 한계였다.

으드드득!

묘월이 이를 씹으면서 불살검을 들려고 하는데…….

챙그랑.

팔이 들리지 않더니 불살검이 바닥에 떨어지고 말았다.

묘월이 광두 형제를 보니 형 쪽은 숨이 끊어졌지만 동생쪽은 얼굴이 부푼 채로 자신을 보고 있었다.

동생 광두는 이를 드러내며 자신을 보고 웃는 중이었다. 동생 광두는 단령경이 있는 쪽으로 몸을 돌리더니 엎드려절을 했다. 얼마 지나지 않아 눈과 코, 입에서 끓는 피가 줄줄 쏟아지며 동생 광두는 엎드린 채 죽었다.

묘월은 자신의 손을 내려다보았다. 끊어진 검지에서부터 시퍼런 핏줄들이 손등을 타고 오르며 불거지고 있었다. 손이 미칠 듯이 뜨거웠다.

광두는 독하게도 자신들의 이빨에 진자강의 독을 묻히고 묘월에게 달려들었던 것이다.

묘월이라도 양쪽의 독을 동시에 억누르는 건 불가능했

다. 이미 얼굴에 독침을 맞은 상태에서 정반대 쪽인 지첨(指尖)에 또 독을 허용했다.

아미파의 지고한 내공이라도 이 이상 막아 내는 건 어렵다. 무리하자면 일각까지는 움직이는 게 가능할 터이나 그러자면 손을 잘라 내야 할 것이다.

아주 잠깐 묘월은 본능이 이끄는 대로 남은 자들을 척살할 것인가, 이성적으로 몸을 피해 훗날을 기약할 것인가를 고민했다.

그러나 그것마저도 방해하는 자들이 나타났다.

몇몇 다람쥐 같은 그림자들이 담장 위로 모습을 드러내고 있었다. 한눈에 봐도 정파인이 아니다. 담장을 넘어온 이들이 정파 무인들을 닥치는 대로 죽이고 있었다.

분노한 묘월이 맹수처럼 포효했다.

크아아아아!

묘월은 떨어진 불살검을 차올려서 입으로 손잡이를 물었다. 그러곤 반대쪽 담장으로 뛰어올랐다. 달아나는 쪽을 택한 것인다.

이를 지켜보고 있던 운정이 씩씩거리면서 마지막 힘을 다해 구멍 난 홀을 쳤다.

따악!

내공이 크게 실리진 않았으나 그것만으로도 충분했다. 묘월은 담장을 밟다가 미끄러져 무릎을 꿇었다.

묘월은 크게 성난 표정으로 운정을 째려보았다가 이내 몸을 추스르고는 담을 넘어 달아났다.

새로 나타난 사파 무인들은 정파 무인들과 싸우면서 동시에 단령경에게 달려왔다.

"선랑! 늦어서 죄송합니다! 이미 소식을 듣긴 했는데……."

사천에 숨어 있던 사파 무인들이다. 소식을 듣고 도우러 달려온 것이다.

단령경은 창백한 얼굴로 말했다.

"더 늦지 않아 다행이네. 나보다 먼저 다른 이들을 도와주게."

단령경이 진자강을 돌아보았다. 진자강도 전신이 피투성이가 되어 엉망이었다.

그러나 진자강은 비틀대면서도 일어섰다.

"후."

전신 기혈을 다친 데다 배를 심하게 맞아서 내장이 흔들릴 것이다. 그런데도 진자강은 꿋꿋하게 일어서서 몸을 돌렸다.

편복이 당황해서 물었다.

"자네 어딜 가는 겐가?"

진자강은 힘겹게 쥐어짜 내며 숨을 토하고 말했다.

"싸움이 끝났으니 제가 가야 할 곳으로 가려 합니다."

"으응? 아직도 사파와는 어울리지 못하겠다는 거야?"

"아닙니다."

진자강은 살짝 미소를 지어 보였다. 그것은 적어도 편복들이 사파라서 떠나는 게 아니라는 걸 알 수 있는 미소였다.

단령경이 말했다.

"소협은 아직도 거만함을 버리지 못했군. 아마 소협이 우리에게 폐를 끼치고 있다 생각하는 거겠지. 여기 남아 있으면 우리가 더 안 좋은 꼴을 당할 수 있다고 여기는 거지."

진자강의 생각을 정확하게 읽은 단령경이었다.

"하지만 그것은 우리를 너무나 얕보는 행동일세. 우리가 소협을 받아들였을 때엔 그만한 각오를 한 것이지. 우리는 아이가 아닐세. 자신의 행동에 책임을 질 줄 알지."

"하지만……."

진자강의 시선이 단령경의 사라진 어깨를 향했다. 단령경은 고개를 저었다.

"그것을 배려라고 생각하지 말게. 모든 이들은 나름대로의 각오를 갖고 살아가네. 아까는 반성한다고 하더니 아직 반성이 부족한 모양이군."

편복이 나섰다. 편복은 운정을 가리키며 말했다.

"저 어린 도사님조차 문파에서 파문당할 각오를 하고 자신의 뜻을 세웠잖나! 그런 각오까지 무시하는 거야, 자네는 지금!"

운정은 아파 죽겠는데도 어이가 없었다.

"아닌데요! 저 파문당할 각오까지 한 거 아닌데요!"

"응? 근데 왜 그랬어? 사문의 존장과 친구 먹고 남을 아미파 스님을 개 패듯이 두들겨 팼잖아."

"제가 언제요!"

"갈비뼈가 다 튀어나왔던데?"

운정은 겁을 먹었다.

"저는 제가 옳다고 생각한 일을 한 것뿐인데…… 그게 파문까지 당할 일이었나요? 저는 면벽 한 일 년 하면 되는 줄 알고……."

"쯧쯧쯧."

편복이 혀를 차면서 고개를 저었다.

"큰일 났네. 큰일 났어. 이거 돌아가면 크게 문책당할 텐데. 사지의 근맥 절단은 물론이고 단전 폐쇄까지 당할 수도

18 수라전설 독룡

있겠어. 어이구, 불쌍해라…….”

“그, 그럼 제가 잘못한 게 아니라고 노인장께서 저희 스
승님에게 가서 말씀해 주시면…….”

편복이 정색했다.

“이 도사 아주 몹쓸 도사네? 누굴 사지로 몰아넣으려고
해? 청성산 산문에 들어가자마자 내 목은 머리와 작별하게
될걸?”

운정은 울상이 되었다. 앞으로 어찌해야 할지 모르는 모
양이었다.

소소가 진자강에게 다가왔다. 소소는 한쪽 얼굴이 퉁퉁
부어서 발갛게 되어 있었다.

“아으아…….”

진자강이 말없이 내려다보고 있자, 소소가 진자강의 피
묻은 얼굴을 자신의 손으로 닦아 주었다.

“아아…….”

소소는 가지 말라고 자꾸만 진자강의 소매를 잡아끄는
것이었다.

진자강은 질펀한 피와 죽음으로 가득한 장내를 둘러보았
다.

운정이 눈물을 글썽이면서 허탈한 표정으로 멍하니 앉아
있다가 진자강과 눈이 마주쳤다.

운정이 훌쩍거리며 진자강에게 물었다.

"찾고 있던 건 찾으셨습니까? 저를 이렇게 만들어 놓고 못 찾으셨으면 안 됩니다."

진자강은 잠시 말없이 장내를 더 둘러보았다. 청철혈선사의 독을 입에 머금고 묘월에게 달려들었던 광두 형제의 모습이 보였다. 그 외에도 여러 사람들이 죽어 있었다.

그들의 모습이 자꾸만 과거의 약왕문 사람들의 모습과 겹쳐졌다.

어쩌면 진자강은 그들의 죽음을 아직까지도 받아들이지 못하는지도 몰랐다. 타인을 위해 목숨을 바칠 만큼 숭고한 희생정신을 가진 이들이 죽어 가는 걸 보고 견디기가 어려운 건지도 몰랐다.

힐난하는 투로 운정이 독촉했다.

"찾으셔야겠다던 그거, 찾으셨냐구요."

진자강은 고개를 끄덕이려다가 이내 가로저었다.

"아니오."

"예?"

운정은 더 어이가 없어졌다. 그것 하나가 궁금해서 여기까지 왔고 난장을 치다가 자기까지 이 꼴이 되었는데 못 찾았다고 하니 하늘이 무너지는 듯한 느낌이 들었다.

"아니, 소중한 사람들을 지키는 것이라든가 저 소저를

사모한다든가 뭐 그런 거 아니었어요?"

진자강은 이 어린 도사가 왜 자신을 궁금해하고 따라왔는지 알 것 같았다.

"그런 의미라면 이미 찾았습니다."

운정의 얼굴이 일그러졌다.

"못 찾았다면서요!"

"내가 찾아야 한다고 생각한 순간부터, 나는 사실 찾아야 할 게 무엇인지 알고 있었던 겁니다."

운정은 더욱 알쏭달쏭해졌다.

"도대체 그게 무슨 얘기입니까? 모르니까 찾아야 한다면서요. 아아, 내가 왜 이런 일에 끼어들어서……."

이제 운정의 말투는 거의 하소연에 가까웠다. 진자강의 입가에 아주 희미한 미소가 흘렀다.

보다 못한 편복이 끼어들었다.

"내 도사님만큼 수양이 깊지는 않으나 그래도 이 나이까지 눈치로 밥을 빌어먹고 산 터. 한마디 해 드려도 되겠는가?"

"예."

편복은 하늘의 해를 가리켰다.

"저게 뭔가?"

"해입니다."

편복이 연못의 해를 가리켰다.

"그럼 저 연못에 비친 저것은 무엇인가?"

"당연히 저것도 해입니다."

편복이 손가락을 왔다 갔다 흔들며 말했다.

"내가 손가락으로 가리킨 것이 해라는 걸 도사님은 어떻게 알았는가? 하늘에 있는 해와 연못 위에 있는 해가 서로 다른데."

"그야 해가 수면에 비친 것뿐이지, 하늘에 있든 연못에 있든 해는 해잖습니까."

"그렇지. 하늘에 있는 것도 해이고, 연못에 비친 것도 해일세. 형상은 변할지언정 본질은 변하지 않지. 도사님은 이미 그걸 알고 있었군. 그런데 말이야."

편복이 말을 이었다.

"하늘에는 구름도 있고 달도 있네. 내가 정확한 방향으로 해를 가리킨 것도 아닐 터인데 왜 도사님은 내가 해를 가리킨다 생각했는가?"

운정이 눈을 끔벅거렸다.

"글쎄요?"

"연못에는 잉어도 있고 수초도 있고, 흠…… 보기 좋진 않지만 잘린 팔다리와 핏물도 있군. 아무튼 그런데 왜 도사님은 내가 해를 가리킨다 생각했는가?"

운정도 희한해했다.

"그러게요. 제가 어떻게 그걸 알았을까요?"

"내가 하늘의 해를 먼저 가리켰기 때문이지. 만약 연못을 먼저 가리켰다면 내가 해를 가리키고자 하는 것을 몰랐을 걸세."

"듣고 보니…… 그런 것 같습니다."

편복이 콧수염을 만지며 허리를 폈다.

"내가 하늘의 해를 가리키고 뒤이어 연못을 가리킴으로써, 도사님은 그때 내가 해에 관련된 이야기를 말하려는구나 하고 알게 되었을 걸세. 그리고 그것이 방금 독룡 저 친구가 한 '찾았다'는 말의 의미와 관계가 있을 거라는 것도 알았을 걸세."

"어어, 그렇군요. 정말로 그럴 거라고 예상했습니다."

"그러니까 내가 한 것은 겨우 해를 가리킨 손가락질 두 번이었으나 그 행동을 통해 도사님은 내가 말하고자 한 말들을 이미 짐작하게 된 거지. 내가 이렇게 설명하는 건 그저 확인하는 과정에 불과한 거네."

운정은 알쏭달쏭한 표정을 지었다.

"우리는 굳이 말로 하지 않아도 때로 이미 알고 있을 때가 있다네. 그것은 행동으로 옮겨서 알게 되거나, 혹은 명상을 통해 스스로를 관조함으로써 알 수 있게 되는 것이지."

"아……."

운정의 눈이 갑자기 몽롱해졌다.

운정은 무의식적으로 중얼거리기 시작했다.

　胡孫投江月 강 속의 달이 있어 지팡이로 치니

　波動影凌亂 달이 흩어져 물결 따라 일렁이네.

　飜疑月破碎 달이 부서져 버린 것인지

　引臂聊戲玩 팔을 뻗어 만져 보네.

　水月性本空 물에 있는 달은 본래부터 형체가
없는 달이라

　笑爾起幻觀 우습다. 나는 헛것을 보았구나.

　波定月應圓 물결이 가라앉으면 달은 원래대로
둥글어지고

　爾亦疑思斷 내가 품었던 의심도 저절로 사라지
겠네.

편복은 혹시나 그것이 무공 구결인가 싶어서 외우려고
했다.

단령경이 피식 웃으며 말했다.

"동방시문(東方詩文)일세."

"아아, 시였습니까?"

시를 읊고 난 운정의 눈빛은 완전히 변하였다.

초점은 흐려졌으나 눈빛은 더욱 맑아져서 정광(晶光)을 발했다.

배에서는 여전히 피가 졸졸 흐르는데 아픈 걸 깨닫지도 못하는지, 멍하니 서서 하늘의 해를 바라보고 있었다.

소소가 피가 나는 걸 보고 운정에게 약을 발라 주러 갔더니 단령경이 말렸다.

"놔두어라. 지금은 그럴 때가 아니구나."

편복은 조금 질시하듯, 하지만 재밌는 걸 보는 표정으로 웃었다.

"청성이 도가는 도가인 모양이구만. 기반이 좋으니 시를 읊어도 깨달음을 가져가네."

그사이에 사파 무인들과 정파 무인들의 싸움은 거의 끝나 가고 있었다.

정파 무인들은 결국 싸우다 말고 달아났다. 어차피 그들을 전부 죽인다고 해도 무의미한 바, 사파 무인들은 빠르게 장내를 정리했다.

그들을 이끌고 온 우두머리가 단령경에게 왔다.

"이제 사천에서 빠져나가야겠습니다. 마차를 준비해놨습니다."

그런데 말을 하다가 단령경의 옆에 멍하게 서 있는 운정을 보았다.

"뭡니까, 이 어린 말코는?"

전장의 한가운데에서 무아지경에 빠져 대오각성을 하고 있으니 어이가 없는 광경인 것이다.

"청성파의 말코 같은데, 죽일까요?"

말은 그러면서도 죽여야 하나 말아야 하나 고민하는 투였다.

단령경이 웃으면서 고개를 저었다.

"아닐세. 그럴 필요 없네."

사파의 무인들이 모이자 단령경이 그들에게 고개를 숙여 감사를 표했다. 한 팔은 날아가고 한 손은 부러져서 반장조차 할 수 없었다.

"자네들의 도움을 잊지 않겠네."

"별말씀을. 저희가 선랑께 받은 도움이 작지 않은데 어찌 이런 일로 선랑의 감사를 받겠습니까. 저희야말로 큰 영광입니다."

사파인들이 마차와 말을 끌고 왔다.

이히힝.

주변이 소란스러워지자 운정은 무아지경에서 깨어났다.

뭔가 굉장히 아쉬운 표정이었다. 운정은 입맛을 다시면서 한숨을 크게 내쉬었다.

편복이 운정의 어깨를 툭툭 쳤다.

"이보게. 가야 돼."

그러나 운정은 화를 내기보다는 존경의 눈으로 편복을 바라보았다.

"독룡 도우가 이 장원에 지혜로운 분이 있다고 하더니, 정말이었군요. 제 눈이 크게 뜨인 것 같습니다."

"으응? 저, 저 친구가 그런 말을?"

편복은 막 운정이 읊은 시를 구결인 줄 알고 외우려 했는지라 부끄러운 기분이 들었다.

편복이 진자강을 힐끔 보았지만 진자강은 무덤덤했다. 진자강도 운정처럼 무엇을 생각하는지 약간 상념에 잠긴 표정이었다.

"나도 뭔가 생각을 좀 해야 할 것 같은 분위긴데……."

단령경이 독촉했다.

"마차에 타고 나서 하게."

"아, 네. 물론입죠."

운정도 얼결에 함께 마차에 올라탔다. 자기가 왜 여기에 있어야 하는지 모르는 채로 그냥 탄 것이다.

도우러 온 사파 무인들은 다른 마차와 말을 타고 이리저리 흩어져서 추적의 눈을 분산시켰다.

"이럇!"

진자강이 탄 마차도 출발했다. 마차 안은 크고 널찍했다. 일행들은 그제야 겨우 한숨을 돌리는 모양새였다.

마부가 밖에서 말했다.

"귀주 방향에서 제갈가의 추적이 있고, 사천에서 호광으로는 정파가 수두룩해 도저히 추적을 떨칠 수 없습니다. 청해를 통해 새외로 나아갔다가 돌아가는 길을 택해야 할 것입니다."

"그리하게."

청해는 지금보다도 더 서쪽이다. 산동에서부터 훨씬 멀어지는 길이다. 그러나 사천을 벗어나기 위해서는 방법이 없었다.

마차가 달리는 동안 소소가 단령경의 상처를 돌보고 운정과 진자강의 상처에도 약을 발라 주었다.

한동안 말없이 달리던 마차에서 진자강이 단령경을 보았다. 단령경은 흔들리는 마차 속에서도 가부좌를 튼 채였으나, 진자강의 시선을 눈치채고 눈을 떴다.

"소협은 내게 할 말이 있는가?"

"감사 말씀을 드리고 싶습니다. 또 한 번 신세를 졌습니다."

"일전에 가르쳐 준 것이 도움이 되었나 보군."

분수전탄을 말하는 것이다.

"구명(救命)의 일초가 되었습니다."

실제로 제갈연을 쓰러뜨린 건 진자강이 아닌 다른 자가 쓴 독이었으나 분수전탄이 아니었다면 진자강은 제갈연에게 당했을 터였다.

진자강과 단령경이 나누는 얘기가 무공에 관련된 것임을 안 운정과 편복의 귀가 쫑긋해졌다.

남의 무공에 대해 엿듣는 것이 좋은 일이 아니라고 해도 운정은 아직 호기심이 많은 열댓 살의 나이였고, 편복은 나이가 들었어도 삼류로 살아온 인생에 대한 보상 심리 때문에 무공에 대한 욕심을 버리지 못한 채였다.

단령경은 그것을 알면서도 편하게 말했다.

"아까의 그것은 옥허구광 오뢰합마공(玉虛九光 五雷蛤蟆功)이라 하네."

진자강에게 전해 준 심법의 이름이었다.

진자강은 모르니까 그러려니 하며 이름을 외는데, 놀란 건 운정과 편복이었다.

"아까의 그것?"

진자강이 갑작스레 도기를 뿜고 하며 무위가 상승했던 걸 둘 다 보았다.

그게 단령경이 전수한 옥허구광 오뢰합마공이었던 것이다.

운정이 놀라서 저도 모르게 소리를 높여 말했다.

"합마공은 우리 청성파의 구전(舊典)입니다! 어쩐지 독룡도우의 몸에서 이상한 소리가 나더라니!"

진자강은 몸 내부에서 벽락 치는 소리로 들었으나, 외부의 다른 사람들은 그것을 두꺼비의 울음소리라고 듣는다. 그리하여 합마공이라 부르는 것이다.

운정은 놀란 눈으로 단령경과 진자강을 번갈아 보았다. 단령경이 답했다.

"합마공은 청성파뿐 아니라 도문(道門)에서 오랫동안 전해진 무공이지."

"아니, 그러니까 도문의 무공을 어떻게…… 설마 훔쳐 낸 것입니까?"

운정의 눈에 자그마한 화가 깃들었다. 아무리 도움을 주고받은 사이라 하더라도 사파가 정파의 무공을 훔쳤다면 그것은 결코 용납할 수 없는 일이었다.

편복이 운정에게 고함을 쳤다.

"무슨 소리를 하는 거야! 합마공도 선랑의 가전무공이라고!"

"예엣?"

예전이라면 청성파의 도사에게 편복이 고함을 친다는 건 상상도 못 할 일이었을 터였다.

하지만 단령경에게 눈을 부라렸던 운정도 편복에게는 희한하게 대들지 못했다.

단령경이 워낙에 산동 사파의 대모라는 인식이 강하기 때문에 아직도 적으로 인식하는 데 비해, 편복은 현명하고 지혜로운 사람이라 생각한 탓인 듯했다.

"말도 안 됩니다. 어떻게 사파인의 가문에 합마공이 가전무공으로 전해질 수 있습니까?"

"그러니까! 그…… 음음, 그 자세한 얘기는 내가 하긴 좀……."

편복이 얼버무렸다. 그러다가 항의하듯이 단령경에게 물었다.

"어떻게 그걸 저 친구에게 전하실 생각을 하셨습니까? 그것은……."

"상황이 여의치 않았지. 나로서도 진 소협이 한 번에 깨칠 줄은 예상하지 못하였다네."

"하지만…… 쩝."

편복이 입을 다셨다.

단령경은 편복의 마음을 이해했다.

"자네는 오랫동안 나를 보필했지. 그러니 자네에게 가르쳐 주지 않고 진 소협에게만 알려 준 것에 대해 불만이 있을 것이야. 하나 자네에게는 인연이 없는 무공일세."

편복이 한숨을 쉬며 고개를 돌렸다.

"이놈이 나이가 들어 아이처럼 섭섭한 마음이 들었을 뿐이니 선랑께서는 너무 개의치 마십시오."

운정이 끼어들었다.

"합마공은 강한 위력만큼 부작용 또한 크기에 도문에서는 함부로 익히지 않는 무공으로 알고 있습니다. 소수에게 전하되 익히지 않는다. 그것이 합마공 아닙니까?"

"도사의 말처럼 합마공은 무서운 위력을 가진 무공이고 익히기에도 어렵다네. 때문에 극소수에게만 전해져 왔지. 본 가의 시조는 도문의 속가제자로 연이 닿아 합마공을 손에 넣었으나 익히지는 않으셨네."

"어어, 그럼……."

단령경이 도문의 속가제자 출신의 가문이라면 운정과도 전혀 모르는 사이라고는 할 수 없게 된다.

운정은 관계의 복잡함에 머리가 어지러워졌다.

"하나 본 가의 합마공은 오랜 세월 구전(口傳)되어 오며 익히는 사람이 없다가 전대에 이르러서야 빛을 보았다네. 그 발단은 오뢰진천공(五雷震天功)을 만난 것이지."

"오뢰진천공은 사마외도의 마공(魔功)이 아닙니까!"

"부정하지 않겠네. 오뢰진천공은 서장의 극렬하고 매서운 마공일세. 그러나 합마공과 합쳐져 오뢰합마공이 되면서 기존의 합마공보다 훨씬 강력한 위력을 갖게 되었네."

"아아, 마공과 합쳐진 도가의 무공이라니. 도대체 제가 무슨 얘기를 듣고 있는 건지 모르겠군요. 원시천존. 스승님 께서 제가 이런 얘기를 아무렇지 않게 듣고 있다는 걸 알면 제 귀를 당장 떼어 내려 하실 겁니다."

단령경이 이야기를 계속했다.

"이후에 오뢰합마공은 한 번의 손을 더 거쳐서 비로소 옥허구광 오뢰합마공이 되었네. 진 소협에게 전해 준 것은 그 진전의 일부일세."

운정이 진자강을 보며 도호를 외웠다.

"사파인이 마공을 배웠으니 마인인가, 아니면 합마공이 도문에서 나왔으니 정파라 하여야 하나. 원시천존, 원시천 존."

마공을 배운 사람과 함께 있다는 것이 매우 떨떠름하다 는 표정이었다.

게다가 지금 이렇게 사파의 사람들과 한 마차에 있는 것 조차 운정에게는 쉬운 일이 아니었을 터였다.

"감당하기가 어려운가?"

"원시천존, 원시천존. 빈도로서는 너무 어렵습니다."

그런데 운정은 문득 뭔가가 더 있다는 걸 깨닫고 불안한 얼굴로 단령경을 쳐다보았다. 단령경이 어린아이를 놀리는 투로 웃으면서 말했다.

"오뢰합마공의 최대 단점인 부작용을 없애고 옥허구광 오뢰합마공이 완성되는 데 도움을 준 사람이 바로 무암 존 사(無暗尊師)일세."

"……으허억!"

운정은 놀라지 않을 수가 없었다.

단령경이 말한 무암 존사는 바로 청성파의 현 장문인이 었다. 무암 존사는 운정의 스승인 복천 도장의 사형이기도 했다.

"원시천존!"

운정은 도호를 외며 놀란 심정을 고스란히 드러냈다.

"본 파의 장문사백께서 마공에 손대셨다고 말씀하시는 겁니까? 더 이상 본 파의 명예를 훼손한다면 이 이상은 절 대 좌시하지 않겠습니다!"

단령경은 화도 내지 않았다.

운정을 묘한 표정으로 바라볼 뿐이었는데 그것은 마치 진자강을 처음 만났을 때 보인 표정과도 같았다.

운정은 계속 화를 냈다.

"사파인과 어울리지 말라는 이유가 있었습니다! 몇 마디 말로 사람을 현혹시키고 거짓으로 기만한다더니, 그 말이 조금도 틀리지 않군요!"

편복이 운정을 말렸다.

"어허, 이 꽉 막힌 도사님아. 우리가 그런 생각을 갖고 있었다면 아까 무아지경에 심취했을 때에 도사를 가만두었겠나? 확 팔다리를 뽑아 버리고 혀를 자르고 눈알을 뽑은 후에 산 채로 젓을 담가 버렸겠지."

"그, 그건……!"

편복의 말을 상상해 버렸는지 운정은 눈이 커졌다.

역시나 편복의 언변은 기름을 칠한 듯 매끄러웠다. 하지만 운정은 고개를 흔들어서 상념을 털어 버렸다.

"지혜로운 분이라 느껴서 존경심이 들었는데 역시 행동은 사파인의 그대로군요! 이만 내려 주십시오. 내 한 번의 목숨을 빚졌으니 그건 천존께 맹세컨대 반드시 갚도록 하겠습니다. 하지만 오늘은 아닌 것 같습니다."

편복이 코웃음을 쳤다.

"한 번이 아닐 텐데. 무아지경에 있을 때 열 번은 죽일 수 있었고, 마차에 태울 때에도 죽일 수 있었고 그 전에 마사불에게 죽을 때 그냥 내버려 둘 수도 있었네. 그런 것들을 다 합하면 도사님이 우리에게 빚진 목숨은 적어도 스무 번은 되지. 무릇 정파인이라면 말한 바는 지켜야 하는 법이겠지? 곧 내려 줄 터이니 도사님께서는 스무 번의 목숨값을 갚겠다는 본인의 약조를 잊지 말게."

운정의 얼굴이 붉으락푸르락해졌다.

"뭐, 뭐가 그렇게 늘어나서…… 제가 언제 그런 약조를 했다고…… 아니, 애초에 셈이 왜 그렇게 되는 겁니까!"

편복이 눈을 부라렸다. 편복은 순진한 운정 같은 호구를 다루는 데에 능숙했다.

"원금만 받아도 스무 번이야, 이 세상 물정 모르는 도사님아! 사실 목숨값에 대한 이자가 얼마나 비싼지 아나? 강호에서는 은혜를 바로 갚지 않는 놈을 후레자식이라 하여 일명일리(日命日利)의 이자법을 적용하도록 하고 있지. 일명일리란 하루가 지날 때마다 목숨값의 이자를 하나씩 더 늘려 받는 셈법일세."

"그런 말은 처음 듣, 듣는데요!"

편복이 더 광분한 듯이 날뛰었다.

"내 말이 거짓 같은가? 강호 초출이 지금 강호에서 반평생을 굴러먹은 본인을 의심하는 게야? 지금 당장 채무증을 써서 청성파의 장문인께 들고 가 볼까? 그럼 채무자가 운정 도사가 아니라 청성파가 될 텐데, 정말로 그리해 볼까?"

운정의 눈이 휘둥그레졌다. 식은땀까지 삐질삐질 났다.

"해 볼까? 청성파로 갈까?"

"그게 아니라…… 저, 잠시 고정하시구요. 일단 얘기를……."

"얘기는 무슨 얘기! 어디 청성파의 도사가 목숨값을 떼어먹고 달아났다고 세상 사람들에게 다 떠들고 다녀 볼까?"

"아니, 목숨값이 무슨 금전도 아니고 어떻게 떼어먹는다고 그러십니까. 청성의 제자는 한 입으로 두 말 하지 않습니다!"

편복은 그 말이 나오자 바로 태도를 바꿨다.

"뭐…… 그렇게까지 말한다면야……."

편복은 운정의 손을 꽉 잡으며 고개를 끄덕였다.

"어험, 그럼 도사님의 말을 믿겠소이다."

"당연히 믿으셔야죠! 저는 청성의 이름을 더럽히지 않습니다! 청성의 제자는……."

하지만 운정은 말을 하면서도 뭔가 이상하다고 생각했다.

"이게 아닌 것 같은데……."

단령경이 미소 지으며 말했다.

"편복 노사, 그 정도로 해 두시게."

편복이 만만하게 웃으면서 물러났다. 한쪽에 기대 구경하고 있는 진자강에게 어깨를 으쓱해 보이는 것도 잊지 않았다.

"봤지? 사람은 자네가 잘 죽일지 몰라도 세상 사는 지혜는 또 다른 법이야."

"잘 배웠습니다."

운정이 찜찜한 얼굴로 진자강과 편복을 쳐다보았다.

"예?"

뭐가 어떻게 된 건가 하는 표정이었다.

하지만 단령경이 중간에 개입해 운정에게 말했다.

"사천을 벗어나기 전까지는 아미파가 추적해 올 걸세. 지금 아미파를 만나면 피차 불편할 테니 사천을 지난 후에 내려 주도록 하겠네. 그때에 돌아가도 좋네."

"저는 아미파가 두렵지 않습니다."

"도사가 우리 마차에 있으면 우리 역시 사천을 빠져나갈 때까지 다소 마음이 놓일 테지. 빚진 목숨값은 그걸로 갚는 것으로 하세. 그럼 어떻겠나?"

부드러운 단령경의 말이 윽박지르는 듯한 편복과 대비되어 받아들이기가 좋았다. 운정은 단령경이 마음을 바꿀까 봐 얼른 고개를 끄덕였다.

사실은 아직 궁금한 게 많았다. 단령경과 청성파의 장문인이 무슨 관계인지도 묻고 싶었다.

하지만 말을 잘못 꺼냈다가 본전도 못 찾을까 봐 섣불리 말을 할 수가 없었다.

운정은 그냥 조용히 입을 다물고 구석에 기대앉았다.

단령경이 다시 좌정하고 운기조식에 들어갔기 때문에 마차 안은 금세 조용해졌다.

달그락, 달그락.

운정은 세상 편하게 잠들어 있었다. 피곤한 탓이었겠지만 진자강에 비하면 세상에 대한 경계심이 너무 없어 보였다.

야생에서 천적들과 싸우며 자란 진자강과 화초처럼 귀하게 자란 운정은 누가 보기에도 비교되었다. 편복조차 어이가 없었는지 고개를 설레설레 저을 지경이었다.

오죽하면 소소조차 아직 잠들지 않은 채였던 것이다. 물론 소소 역시 귀주 약문이 몰살당하는 끔찍한 일을 겪으면서 긴장이 몸에 밴 탓이었을 터이다.

진자강은 어차피 운기조식을 할 수 있는 몸도 아니라서 그냥 몸을 기대고 앉아 있었다.

그러다가 문득 마차의 창문을 가리고 있는 휘장을 잡았다. 걷을까 말까 고민했다.

마차의 창문은 모두 두꺼운 휘장으로 가려져 있는 채였다. 지금이 낮인지 밤인지도 안에서는 알 수 없을 정도다.

"그냥 두게."

단령경이 눈을 감은 채 말했다.

"본인의 친구들이 사방으로 흩어져 추적을 따돌리려 노력해 주었지만, 아무래도 사천을 벗어나기 전까진 그들의 눈길을 피할 수 없을 것 같군."

진자강은 고개를 끄덕이고 창가에서 물러났다.

하지만 한마디를 했다.

"사천 밖으로 나가면……."

진자강이 마차의 휘장을 쳐다보며 말을 이었다.

"다시 돌아와 청성산을 통해 호광으로 가는 게 좋겠습니다."

꾸벅꾸벅 졸던 편복이 깨서 물었다.

"응? 뭐라고? 사천을 겨우 도망 나가고 있는데 다시 사천으로 가라고?"

하지만 단령경은 별말 없이 수긍했다.

"그렇게 하지."

진자강은 그제야 등을 기대고 눈을 감았다.

목숨을 노리는 자들이 득실거리는 곳에서 처음으로 다른 이를 믿고 쉬는 것이다.

눈을 감은 진자강은 복잡한 생각들을 정리했다.

어쩌면 이것은 자신에게 주어진 두 번째 기회이자 마지막 기회일 터였다.

앞으론 이제까지 만난 적들과는 비교도 할 수 없이 강력한 자가 기다리고 있다. 그리고 거기에 속셈을 짐작하기 어려운 행동을 하는 망료까지.

편복의 말처럼 그들은 자신이 이룬 것을 지키기 위해 무슨 짓이든 하는 자들이었다.

이제껏 진자강은 그들을 상대하기 위해 모든 걸 버리고 복수귀가 되어야 한다고 생각했다.

그러나 이번에 겪은 일들로 많은 생각이 바뀌었다.

우선 진자강은 자신에게도 지켜야 할 것이 있다는 걸 알게 되었다.

그것은 소소와 같은 개인일 수도 있고 여럿인 단체일 수도 있었다. 약속을 지키는 일일 수도 있고 누군가에게 은혜를 갚는 일일 수도 있었다.

무엇인지 특정할 수는 없지만 그것은 진자강이 지켜 나가야 할 매우 소중한 것들이었다.

복수를 위해 버릴 수 없고, 버려서도 안 되는 것들이었다.

자신에게 그러한 것들이 있었음을 진자강은 이번에 새삼 자각하게 된 것이다.

그것은 또한 지금의 자신에게 가장 중요한 것이 무엇인지를 구분할 수 있는 힘이었다. 복수에 눈이 멀어 있을 때에는 미처 보지 못하고 지나쳤던 자신의 마음이었다.

아직은 모두 알았다고 할 수 없지만…… 앞으로도 몇 번의 시행착오를 더 거치게 되겠지만.

이번에 그것들을 겨우 찾아내어 가슴 깊이 새겨 두었으므로 다시는 잊지 않도록 할 것이었다.

여인의 손을 함부로 잡는 것은 무릇 예(禮)에 어긋나는 일이다.

하나 물에 빠진 여인을 보았을 때에는 남녀를 불문하고 응당 손을 잡아 물에서 꺼내 살려야 한다. 그것이 사람으로서의 도리요, 살아가는 데에 필요한 진정한 권도(權道)인 것이다.

왜인지 아주 오래전, 백화절곡에서 수백 종의 꽃이 피어내는 향기를 맡으며 글공부를 했던 기억이 떠올랐다.

진자강은 천천히 잠에 빠지며 중얼거렸다.

'권도…….'

*　　　*　　　*

회색빛 승복을 휘날리며 아미파의 여승 다섯이 달려오고 있었다.

여승들은 능선을 따라 거의 날듯이 달렸다. 실로 쾌속한 경공이었다.

"거의 다 따라잡았다! 서둘러!"

절벽 아래를 달리는 마차가 보였다.

그러나 여승들은 더 이상 마차를 따라잡지 못하고 갑작스레 멈춰야 했다.

앞쪽에 몇 명의 인물들이 길을 막고 있는 탓이었다.

아니, 정확히 말하자면 길을 막고 있다기보다는 그저 멀어져 가는 마차를 내려다보며 얘기를 나누고 있을 뿐이었다.

하지만 그들을 무시하고서는 도저히 지나칠 수가 없었다.

그들은 당가의 당리심과 당하란, 그리고 청성파의 꼿꼿한 노도사 한 명이었다.

노도사가 인사 겸 말을 건넸다.

"아미파는 조금 늦으셨구려."

아미파의 여승들을 이끌고 있던 정요가 앞으로 나와 합장했다.

"아미타불. 시주들께서도 산동요화와 독룡 때문에 여기까지 와 계신 것입니까?"

노도사는 고개를 끄덕였고 당리심은 여승들을 훑어보며

대답했다.

"그렇습니다. 실례지만 아미파의 정요 스님이 아니십니까?"

"맞습니다. 제가 보기엔 저 마차에 요화와 독룡이 타고 있을 것 같은데, 아닙니까?"

"타고 있을 겁니다."

"그런데 왜 쫓지 않고 여기 계신 것인지요."

"그것은……."

대답을 옆에 있던 당하란이 했다.

"쫓지 않기로 결정했기 때문입니다."

정요의 눈썹이 찡그려졌다.

"이유를 물어도 되겠습니까?"

"당문이 저들을 쫓아야 할 이유가 있다면 스님께서 말씀해 주시죠?"

당하란은 약관을 갓 지났고 정요는 마흔이 넘은 나이다. 하다못해 강호의 어른이므로 그만한 격식을 갖춰야 하나 당하란은 전혀 그러지 않고 있었다.

정요의 표정이 좋지 않아졌다. 당찬 것은 좋으나 때와 장소의 분별이 있어야 하지 않는가!

하지만 더 급한 일이 있으니 거기에서 그만두었다.

"알겠습니다. 당가대원의 시주 분들께선 다른 목적이 있으신 듯하니 더 이상 묻지 않겠습니다."

"흥."

당하란은 코웃음까지 치면서 고개를 돌려 마차를 쳐다보았다. 그것은 실로 무례한 일이었다. 아미파의 여승들이 불쾌한 표정으로 당하란을 노려보았다.

정요는 여승들을 만류하며 청성파의 노도사를 보았다.

"도사께서는……?"

"저 마차에 내 제자가 타고 있소."

허리를 꼿꼿하게 펴고 있는 청성파의 노도사는 다름 아닌 복천 도장이었던 것이다.

"아, 복천 도장이셨군요. 잘되었습니다. 그리하면 저희와 함께 마차를 추적하여 제자를 구해 내심이 옳을 것 같군요."

하나 복천 도장은 말을 돌렸다.

"묘월 스님이 많이 다쳤다 들었소만."

"아미타불, 독 때문에 상태가 좋지 않긴 합니다. 하나 염려해 주신 덕에 사저의 생명에는 이상이 없습니다."

"묘월 스님을 치료해서 보고를 듣고 오시느라 우리보다 늦은 것 같소."

"사외(寺外)에서 생긴 일을 보고하는 것은 본 파 제자들의 의무입니다."

"내 제자가 묘월 스님에게 해를 가하였다 하니, 내 제자를 구하면 아미파로 데려가시겠구려?"

"운정 도사는 이번 일의 주요한 인물로서 사파에 가담한 정황이 명백하여……."

복천 도장이 가늘고 길게 찢어진 눈으로 정요를 똑바로 보고 물었다.

"데려가겠다는 거잖소."

"송구하지만 협조해 주셨으면 합니다."

복천 도장이 갑자기 언성을 높이며 딱딱한 어조로 소리쳤다.

"아미파는 애초에 참관자로서 관망과 조정 이상의 행위를 하지 않았어야 하거늘, 불제자로서 살심을 품고 손을 쓴 것도 모자라 자신들의 잘못을 타 문파에 전가하시려는가!"

복천 도장의 목소리가 쩌렁거리고 울렸다.

정요의 표정이 굳었다.

이것은 누가 봐도 윗사람이 아랫사람을 꾸짖는 태도였다.

아미파의 다른 여승들도 그것을 깨달았다. 한 명의 여승이 나서서 날 선 목소리로 말했다.

"연배를 차치하더라도 같은 사천 삼강의 일원으로서 말씀이 과하십니다."

복천 도장은 코웃음을 쳤다.

"내 제자도 어린 나이지만 같은 사천 삼강의 일원인데 아미파에 끌려가 굴욕적인 증언을 하라던 것은? 그건 과하지 않은가?"

여승이 또박또박 따지고 들었다.

"그때와 지금은 경우가 다르지 않습니까, 아미타불. 어찌 그 어린 제자를 이미 구족계(具足戒)를 받은 지 오래된 본 파의 정요 사자(師姉)와 비교하신단 말씀입니까?"

"나는 욕계육천(欲界六天), 색계십팔천(色界十八天), 무색계사천(無色界四天), 상사천(上四天), 삼청경(三淸境), 대라천(大羅天)의 온갖 천계를 아우른 진리를 배우고 궁구하였네. 겨우 구족계를 받은 스님들이 어찌 내 앞에서 고개를 들고 따지는가?"

"궤변이십니다! 아미타불…… 아미타불. 도장의 말씀 한 마디 한 마디에서 증오와 미움이 느껴집니다. 본 파에 무슨 억하심정이 있으시어 저희를 그리도 괄시하고 핍박하십니까?"

"억지만 부리는군."

복천 도장은 더 말을 하고 싶지 않다는 듯 고개를 돌려 버렸다. 그러나 복천 도장이 앞을 막고 있는 셈이 되기에 아미파 여승들은 그를 무시하고 지나기가 어려웠다.

정요가 기분을 가라앉히고 차분히 물었다.

"어차피 그쪽 분들은 마차를 추적하지 않으실 것으로 보이는군요. 실례가 안 된다면 지나가도 되겠습니까?"

복천 도장은 대꾸도 하지 않았다. 하나 자신을 무시하고 지나칠 경우 가만히 있지 않겠다는 듯 품에 검을 안아 들었다.

자신의 제자를 보호하기 위해서 길을 막고 있다. 단순히 길을 비켜 간다고 해결될 일이 아니다.

사천 안에서는 이제 저 마차를 건드릴 수 없다는 뜻이다. 건드리면 아마 복천 도장과 사생결단을 내야 할 것이다.

아미파의 여승들이 입술을 깨물었다.

"그간 본 파와 청성파의 사이는 그리 나쁜 편은 아니었다고 생각합니다. 하나 오늘의 수모는 쉽게 잊히지 않을 것입니다."

복천 도장은 짧게 대답했다.

"두고 보지."

정요는 여승들을 이끌고 물러났다. 아미파의 여승들은 화를 참으면서 돌아갔다.

당하란이 흥미있다는 듯 복천 도장을 돌아보았다. 허리가 꼿꼿하니 꼬장꼬장하게 생긴 노도사에게 재미있는 면이 있다는 생각이 들었다. 아니, 애초에 그런 성격의 도사니까 아미파를 막아서는 결기를 부린 것일 수도 있었다.

복천 도장이 당하란의 시선을 눈치채고 고개를 돌려 쳐다보았다. 복천 도장이 물었다.

"당가에서 내 제자에게 관심이 있는 줄은 몰랐는데?"

"관심 없습니다."

"그렇군."

갑작스러운 질문을 던지고 알았다며 말을 끊어 버리니 질문을 받은 입장에서는 오히려 궁금증이 치민다. 그러나 당하란이 이 정도의 심계에 넘어갈 정도는 아니었다. 당하란은 더 이상 묻지 않고 참았다.

복천 도장이 이빨이 보일 정도로 크게 입을 벌려 웃었다.

"클클클. 당가의 여식들은 하나같이 제 몫을 한다더니 틀린 말이 아니었군그래. 내 제자와 짝을 맺어 주면 너무 기가 세서 제자 놈이 많이 휘둘리고 살겠어."

듣기에 따라 타인의 혼사를 두고 왈가왈부하는 것이 기분 나쁜 일일 수도 있었다. 하나 복천 도장이 하는 말이라면 그러려니 넘어갈 수밖에 없었다. 청성파가 무림총연맹에 가입하지 않게 된 가장 큰 원인이 바로 이 도사, 복천 도장이 반대한 때문이니까.

당하란이 다시 한 번 딱 잘라 말했다.

"제의라면 사양하겠습니다."

"아주 딱 부러지는군. 좋아. 혼례가 생기면 연락하게. 오늘의 인연이 있으니 내 직접 초례(醮禮)를 주관해 주지."

초례는 신랑과 신부가 백년해로를 서약하는 의식이다.

이번만큼은 당하란도 관심이 갈 수밖에 없었다. 과년한 당하란에게 혼인은 금세 닥칠 현실이다.

"초례를 주관해 주신다고요?"

"당연하지. 꼭 초청하시게. 산동 끝에서라도 달려올 테니."

굳이 산동을 언급하는 것은 아마도 저 마차에 탄 단령경을 염두에 두고 하는 말인 듯했다. 그러나 여전히 이유를 알 수가 없었다.

날카롭게 직접적으로 말을 던지는 듯싶지만 실제로는 속셈을 숨기고 있어 대화하기 불편한 상대다.

당하란은 놀림을 당하는 기분이 들어 더 이상 대화를 나누지 않기로 결정했다.

"제가 선택할 일은 아닌 것 같습니다. 집안의 어른들께 말씀드려 보겠습니다. 배려에 감사드립니다."

"그게 사리에 맞겠지. 조만간 또 봄세."

복천 도장은 금세 몸을 날려 사라졌다.

당하란은 그제야 불편한 표정을 감추지 않고 드러냈다. 작은 소리로 중얼거렸다.

"기분 나쁜 늙은이 같으니."

왜 멀쩡한 자신을 잡고 혼사 얘기를 거론했는지 알 수가 없었다.

독을 다루는 데다 데릴사위를 받아들이는 당가의 특수한 가문의 관습 때문에 당하란은 아무나하고 혼인을 할 수도 없는 몸인 것이다.

당하란은 이미 사라져서 보이지도 않는 마차 쪽을 쳐다보고 있다가, 곧 당리심과 함께 자리를 떴다.

*　　　*　　　*

망료와 제갈가의 무사들은 허탈해했다.

장원은 벌써 비어 있었다. 아니, 정확하게 말하자면 인근의 문파들과 사천 삼강에서 파견된 이들이 점거하고 있는 상태였다. 사람을 부려 시체를 치우고 피를 닦으며 현장을 정리하고 있었다.

제갈명과 제갈손기는 발을 동동 구르며 억지로 화를 참았다.

"가서 시체를 주워 오기만 하면 돼? 당가가 뭐 어쩌고 어째?"

그 순간 장원 안에 있던 수십 명이 일거에 입을 다물었

다. 그중에서 당가와 관련된 이들이 전부 손을 멈추고 제갈
손기를 쳐다보았다.

제갈손기는 입을 다물고 모른 척 눙치며 넘어가려 했지
만, 제갈명이 사람들을 향해 빠르게 사과했다.

"실언하였소. 안타까운 마음에 나온 말이니 양해해 주시
오."

그제야 고개를 돌리고 자신들이 할 일로 돌아갔다. 제갈
명이 제갈손기를 꾸중했다.

"입조심해라. 이 자리에서 나온 모든 얘기가 저들의 귀
에 들어간다."

제갈손기는 불만이 가득한 눈으로 망료 쪽을 째려보았
다.

망료 역시 자신의 계획이 통째로 날아간 걸 깨닫곤 굉장
히 허탈해하고 있었다.

그러나 그것도 잠시.

언제 그랬냐는 듯 다른 이들을 붙들고 희희낙락 얘기를
주고받기 시작했다. 제갈손기는 도대체 망료의 머릿속에
뭐가 들어 있는지 확인하고 싶은 지경이었다.

망료가 지나가던 아미파의 속가제자를 붙들고 말을 건넸
다.

"어허, 이게 독룡이 썼다는 그 낫인가? 어디 나도 한번 만져 볼 수 있겠소이까."

속가제자가 망료에게 낫을 건네주었다. 진자강이 휘둘러 댔다는 낫이었다.

망료는 감회가 차올랐다. 자루를 힘껏 잡고 있던 진자강의 온기가 손에서 느껴지는 듯했다.

아미파의 속가제자가 망료를 보며 희한하다는 듯 말했다.

"특별할 것 없이 대장간에서 구할 수 있는 평범한 낫입니다."

망료가 무슨 소리냐는 듯 대꾸했다.

"하지만 낫에도 많은 종류가 있소. 육철낫은 나무를 베는 데 쓰고 풀 낫은 풀을 베는 데 쓰며, 버들처럼 낭창거리는 나무를 벨 때에는 버들낫을 쓰오. 덩굴을 칠 땐 무육 낫을 쓰고 왼손잡이는 왼낫을 쓰며, 날이 짧은 뽕 낫도 있고 두꺼운 새끼줄을 끊는 데에 쓰는 톱낫도 있지."

아미파의 속가제자가 입을 벌리고 감탄했다.

"낫의 종류가 그렇게나 많습니까?"

"날을 안쪽 깊은 데에서부터 세우느냐, 끝에만 세우느냐, 날의 각을 좁혀서 쓰느냐 벌려서 쓰느냐에도 많은 차이가 있소. 키보다 큰 곳에 자란 가지를 자를 땐 날이 적당히 짧은 것이 걸리적거리지 않고 좋소. 낫마다 쓰임새가 다르니 종류 또한 수십 가지가 있는 것이오."

"생각도 못 했습니다. 그럼 이 낫은 어떻습니까?"

"이 낫은……."

망료가 낫을 들고 보며 말했다.

"자루에 박는 슴베가 길고, 슴베에서 날로 휘어지는 여기 덜미의 낫공치가 부드러운 반달형이 아니라 깎아지른 듯한 직각 형태요. 이런 낫은 곡식의 줄기를 베는 데에 유리한 풀 낫이외다."

"맞습니다. 이 근방은 참깨를 많이 키웁니다. 그래서 말씀대로 대장간에서도 이런 낫을 많이 만듭니다."

지나가던 청성파의 속가가 끼어들었다.

"어차피 사람을 죽이는 낫인데 그런 것을 구분할 필요가 있습니까?"

"당연히 있소. 낫의 날이 두툼하면 두꺼운 나무를 치는 데 유리하고, 날이 얇고 가벼우면 가늘고 잘 휘어지는 것을 쳐 내기 좋소이다. 이러한 왜낫은 후자에 속하기 때문에 이것으로 사람의 뼈를 자르다가는 몇 죽이지 못하고 날이 부러졌을 것이오. 그러니 아마도 독룡은 손목이나 발목을 걸어서 핏줄이나 힘줄을 끊거나 뾰족한 끝으로 찍거나 하여 사용했을 것이오."

아미파의 속가제자는 눈이 휘둥그레졌다.

"맞습니다. 장원에서 죽은 정파 무인들의 시체 대부분이 그러했습니다."

"만일 낫공치의 각이 부드러운 반달형으로 완만하며 날이 두툼한 육철낫이었다면, 손목이 통째로 날아간 시체가 더 많았을 거외다. 깨진 무기도 많이 나왔을 거요. 육철낫은 도끼에 가까운 것이라 내공이 충분하다면 어지간한 철검도 자르고 깰 수 있소."

청성파의 속가는 꿀 먹은 벙어리가 되었다. 전부 망료의 말대로였다.

망료의 해박한 지식에 감탄한 아미파의 속가제자는 망료가 묻지도 않은 정보들을 이리저리 알려 주기까지 했다.

하지만 망료는 아직도 낫에 관심이 쏠려 있었다.

아미파의 속가제자에게 말해 주진 않았으나 낫의 슴베와 자루를 고정하는 못인 낫놀이 휘어 있고 그 부분을 단단히 감아 고정시키는 쇠고리, 낫갱기가 흔들거리고 있었다.

그것은 진자강의 광혈천공이 강해져서 대장간에서 평범한 단조로 만드는 날붙이 정도로는 진자강의 내공을 버티지 못한다는 걸 뜻했다.

'클클클.'

망료는 반가웠다. 이만큼 진자강이 강해졌다는 걸 알게

된 탓도 있으나, 진자강의 행동을 예측할 수 있게 되었기 때문이기도 했다.

아마 조만간 진자강은 자신의 내공에 맞는 병기를 찾으려 하게 될 터였다. 대장간의 낫으로는 만족하기 힘든 수준이 되었으니 말이다.

그러나 손에 맞는 병기를 찾는다는 것. 한 가지 병기를 오래 사용하여 익숙해진다는 것. 그건 결코 쉽지 않은 일이다.

그렇게 자신만의 병기를 갖게 되어도 뒷일이 문제다. 뒷일이 보통 골치 아픈 게 아니다.

술을 마실 때에도 잃어버리지 않게 꼬박꼬박 챙겨야 하고, 치열한 싸움 후에 아무리 힘들어도 찾아서 가지고 가야 한다. 마구 던지거나 함부로 사용할 수도 없다.

때로는 병기를 지키기 위해 사람을 죽이거나 인의에 맞지 않는 일을 할 수밖에 없는 경우도 생기게 될 것이다.

자신만의 병기를 갖게 된다는 것, 그것은 어쩌면 일종의 구속이라 볼 수도 있다.

'재밌게 되겠군.'

사람들은 말하곤 한다. 지킬 것이 있으면 강해진다고.

하지만 사람의 삶에 있어 단순히 강해지는 것만이 전부는 아니다.

가진 것이 많은 부자가 집을 비우고 외출을 나갈 때와 가진 것이 없는 거지가 집을 비우고 나갈 때의 마음가짐엔 천지 차이가 있다.

지킬 것이 많아질수록, 애착이 심해질수록 강해짐에 비례해 불안한 마음이 늘어난다.

불안함은 스스로 증식해서 '집착'이 되고 집착은 '번뇌'가 되며 번뇌는 '균열'이 되어 스스로를 무너뜨리는 약점이 된다.

집착은 곧 약점이다.

그간 아무것도 가진 게 없었던 진자강이 집착을 '소유'할 준비가 된 것이다.

상상만 해도 즐거웠다.

심지어 진자강은 장원의 이들을 구하러 달려왔다고 한다. 그것은 망료가 계획하고 기대한 바는 아니었으나 기대한 것보다 훨씬 더 좋은 결과를 가져온 셈이 되었다.

녀석의 마음에 빈틈이 생겼다는 의미이니!

"껄껄껄!"

망료가 갑자기 대화 도중에 웃음을 터뜨리자 아미파와 청성파의 속가제자가 의아해했다. 사람의 피와 시체가 즐비한 곳에서 웃음을 터뜨린다는 것은 이상해 보이기 마련이다.

"아아, 본인이 무공을 잘못 익혀서 가끔 미친놈처럼 웃곤 하니 신경 쓰지 마시오."

"저런…… 안됐소이다."

친한 사이도 아니고 무공을 잘못 익혀 그렇다는데 따지기 어렵다. 아미파와 청성파의 속가제자가 다른 곳으로 가 버리자 곧 당가의 가신 가문에서 온 무인 한 명이 망료에게 왔다.

무인이 무뚝뚝하게 말했다.

"당가대원으로 가시죠."

"내가 가야 할 일이 있던가?"

무인이 목소리를 낮추었다.

"어르신께서 보자 하십니다."

망료의 솜털이 곤두섰다. 망료는 기뻐서 환호라도 지르고 싶은 심정이었으나 애써 기분을 억눌렀다.

"지금?"

"지금 가셔야 합니다."

"마침 잘됐군. 비어 있는 다리가 신경 쓰이던 참인데."

망료가 다리 아래를 가리켰다. 의족이 산산조각 나서 목발 두 개로 지탱하고 있는 중이었다.

당가의 가신 무인은 말을 전하고 물러나 기다렸다. 뒤쪽을 정리하고 가자는 뜻이다. 망료의 뒤쪽에는 아직도 불편한 얼굴로 있는 제갈가의 두 사람과 무사들이 있었다.

망료가 뚱하니 물었다.

"아직도 안 가셨소?"

제갈손기가 울컥해서 망료를 씹어 먹을 듯한 표정을 지었다.

"저자가!"

第二章

월하노인(月下老人)

망료가 괜히 아쉬운 듯이 말했다.

"검각주께는 내가 말씀드릴 테니 뒤는 걱정 마시구려. 살다 보면 실패도 하고 아쉬운 일도 있고 그런 것 아니겠소이까. 검각주도 이해하실 것이오."

지켜보는 눈이 많으니 화는 내지 못하고 제갈손기가 낮은 목소리로 으르렁대듯이 말했다.

"지금…… 우리에게 책임을 미루는 건가? 우리 제갈가를 이용할 대로 이용해 먹고 버리듯이 내쳐?"

"누가 들으면 오해하겠소."

"오해하도록 말을 하고 있잖은가!"

"독룡에게는 청성파의 도사를 붙여 놓고 요화에게는 마사불을 붙여 놓았소이다. 심지어 팔이 잘리고 중독까지 된 상태였지. 어느 누가 실패할 줄 알았겠소이까? 그건 아무도 예상할 수 없는 일이었소."

하기야 틀린 말은 아니다. 절대로 단령경이 살아서 달아날 수 없는 상황이었다.

누구라도 그렇게 생각할 만했다.

그러니 이런 실패는 어찌할 수 없는 일이라고 자위할 수밖에 없었다.

그래도 망료가 하는 말이나 행동이 얄밉다는 건 주지의 사실이었다.

제갈손기가 이를 바득바득 갈며 말했다.

"결과적으로 보면 독룡이란 놈이 이 지경을 만든 것이다. 그리고 그 독룡을 살린 건 다름 아닌 당신이고."

망료가 고개를 설레설레 저었다.

"내가 아니올시다. 요화가 살린 것이지. 당시에는 묵룡을 살리기 위해 어쩔 수 없는 선택을 할 수밖에 없었소."

"끝까지 변명을……."

제갈손기의 말을 망료가 잘랐다.

"자, 그럼 본인은 바쁜 일이 있어서 이만 인사를 해야 할 것 같소이다."

"이익!"

망료가 제갈명을 보며 따로 말을 남겼다.

"오늘만이 날이 아니올시다. 언젠가 내가 제갈가에 도움을 줄 날이 올 것이오."

제갈명은 속내를 드러내지 않기 위해 딱딱한 표정을 짓고 고개를 까딱거렸다. 더 말을 나눠 봐야 창피만 당할 뿐이다.

어차피 진자강을 향한 최명부는 아직 유효했다. 이번에 나온 인원은 되돌아갈지언정 진자강에 대한 추적은 멈추지 않을 것이다.

그리고 그다음은……

아마도 제갈가를 우습게 본 망료가 될 터였다.

"기대하도록 하지."

*   *   *

망료는 처음으로 당가대원의 내원에 들어설 수 있었다.

크고 작은 정방형의 칸으로 된 저택들이 심할 정도로 다닥다닥 붙어 있어서 폐쇄적으로 느껴졌던 외원.

하지만 내원도 똑같았다. 조금 더 넓어지고 통째로 하나의 큰 저택이라는 것만 다를 뿐, 빡빡하고 삭막하기는 외원의 저택들과 별다를 바가 없었다.

"흐음."

망료가 걷고 있는 길도 양쪽에 높은 담이 있어서 집 내부가 아니라 마치 복도를 걷는 듯했다.

한참이나 걷다가 망료가 말을 내뱉었다.

"이러면 굳이 내원을 꽁꽁 닫아 둘 필요도 없잖나. 어차피 보이는 게 없는데."

심지어 담의 가운데는 음각된 석조 문양들이 있었는데, 보는 위치에 따라 그림자 때문에 모양이 다르게 보였다. 길을 헷갈리게 만들기에 딱 좋았다.

처음 들어오는 사람은 백이면 백, 전혀 길을 찾지 못하고 헤맬 게 분명했다.

앞장서서 길을 안내하던 무인이 돌아보며 경고했다.

"정숙하시오."

망료가 갑자기 멈춰 서서 무인을 빤히 쳐다보았다.

"인씨(引氏) 가(家)?"

당가의 가신 가문에는 특수한 역할을 하는 몇 개의 성씨가 존재한다. 인씨도 그중 하나였다.

무인은 그것을 어찌 알았느냐는 것보다도 쓸데없이 멈춰서서 짜증 난다는 투로 대꾸했다.

"그렇소. 그러니 이제 어서 가면 안 되겠소?"

하지만 망료는 '쯧쯧' 하고 혀를 차더니 말했다.

"이보게. 나는 손님이지, 공물을 바치러 온 속국의 대신이 아닐세. 내가 왜 포로 취급을 받아야 하지?"

무인의 눈썹이 꿈틀댔다.

"지금 뭐하는 짓이오? 어르신을 만나 뵙게 해 달라고 사정한 건 귀하였잖소이까."

"아니, 해도 너무하다는 생각이 들잖아. 자네 같으면 기분 나쁘지 않겠어? 정숙하라고? 내가 무슨 말을 얼마나 했다고. 어?"

망료는 말을 하면서 점점 언성을 높였다.

무인의 얼굴이 눈에 띄게 당황스러워졌다. 당가대원의 내원까지 들어와서 갑자기 이런 행동을 하는 자가 있을 줄은 생각도 못 했던 것이다.

더욱이 자신은 안내자에 불과하다. 소동이 생기면 질책을 받는 건 자신이다.

"죽고 싶소?"

무인이 고압적인 태도를 취하자 망료가 인상을 썼다.

"막말로 내가 정숙하지 않으면 어쩔 건데. 쫓아낼 거야, 어쩔 거야? 어디 한번 해 보든가!"

망료가 목발로 담벼락을 쳤다.

따악! 딱! 딱!

쨋쨋!

새들이 놀라서 여기저기 정원에서 날아갔다.

당황한 무인이 망료를 말렸다.

"이보시오. 알았으니 잠시 진정하고……."

사방의 보이지 않는 곳에서 쏟아지는 시선이 느껴졌다.

망료는 그제야 헛기침을 하며 진정하는 척했다.

"거 말 좀 조심하고 삽시다. 무릇 심부름이나 하는 아랫사람들은 자기 주제를 알아야 오래 사는 법이요."

무인은 화가 나서 얼굴이 붉어졌다.

"알겠……소."

"크흠."

망료가 턱짓으로 안내하라는 뜻을 보냈다. 무인은 입을 꽉 다물고 앞서서 걸어가기 시작했다.

뚜걱, 뚜걱.

망료는 유독 목발 소리를 크게 내며 무이의 뒤를 따랐다.

＊　　　＊　　　＊

내원으로 들어와서도 족히 한 식경은 걸은 듯했다.

복잡한 길을 한참이나 걸어 들어간 뒤에 한 건물의 앞에 도달했다.

무인은 문 앞에서 기다렸다.

망료는 느긋하게 주변을 둘러보며 함께 기다렸다. 얼마 지나지 않아 문이 열렸다.

날카로운 눈빛의 당가 여인이었다.

"들어오라 하십니다."

망료가 이제껏 길 안내를 한 무인을 보며 웃었다.

"수고했네."

무인은 몸을 부르르 떨면서 말도 없이 돌아가 버렸다. 당가 여인이 다시 망료를 안내했다. 건물 안쪽으로 들어가서도 몇 개의 문을 지나서야 망료는 드디어 넓은 청(廳)에 도착할 수 있었다. 그러나 다른 지방의 대청과 달리 이곳은 전부 문으로 막혀 있었다.

당가 여인이 청에 오르는 계단 앞에서 멈췄다.

"올라가십시오."

계단을 걸어 오르는 망료도 조금은 조심스러워졌다.

대외에 알려지기로 당가의 가주 자리에서 물러난 지 이미 십수 년.

그러나 그는 아직도 당가의 대소사를 결정하는 실질적인 주인이었다.

염왕(閻王) 당청.

사람의 생사마저도 그의 손에 달려 있다는 뜻에서 그를 부르는 별호였다.

그런 당청을 이제야 만나게 되는 것이다.

그것은 과거의 망료였다면 굉장한 영광이며 동시에 두려운 일이었을 수도 있었다.

하나 지금은 거래의 상대였다.

기세에서 밀리면 안 된다.

망료는 배에 힘을 주고 올라섰다.

뚜걱!

망료가 계단을 오르자 위쪽에 미닫이로 된 문이 열렸다.

드르륵.

그런데 그 순간 망료는 갑작스레 들려온 시끄러운 소리에 정신이 번쩍 들었다.

와글와글.

밖에서는 전혀 들리지 않던 소리가 대청에 오르면서 들려오기 시작한 것이다.

그리고 그 안의 광경을 보며 망료는 저도 모르게 헛웃음이 나와서 웃고 말았다.

"허허허……."

상상도 못 한 광경이었다.

대청 안에선 수십 명이 바쁘게 오가고 있었다.

대화를 나누기도 하고 고함을 지르며 뛰기도 한다. 정신없이 사람들이 일을 하고 있었다.

수십 개의 탁자에 쌓인 수백 개의 죽간과 그만큼의 서신들. 그것들은 하나씩 분류되어 내려지고, 또다시 그만큼 새로 들여와 쌓였다.

거기다 한쪽 벽에는 엄청난 새장이 놓여 있어서 계속해서 전서구가 들고 나는 중이었다. 전서구가 푸드덕거리는 날갯짓 소리마저 묻힐 정도로 대청 안은 시끄러웠다.

다른 쪽에서는 죽간과 종이로 된 서신을 폐기하는 화로가 있어서 타는 냄새까지도 진동을 했다.

왜 이 소리가 하나도 밖에 새어 나지 않았는가.

그것은 대청의 한가운데에서 수없이 많은 서류에 휩싸여 있는 한 명의 노인 때문일 터였다. 저 노인이 기막을 펼쳐 대청의 모든 소리가 밖으로 나가지 못하게 차단하고 있는 것이다.

노인은 밥 먹으러 움직이는 시간도 아까운지 탁자 옆에 주먹밥을 놓고 있었다.

천하의 망료도 이 복잡한 장터 같은 곳에서 어떻게 해야 할지 망설였다.

"뭐해. 이리 와."

노인이 망료를 보지도 않고 말했다. 망료는 대청을 걸어서 정중앙에 있는 노인을 향해 걸어갔다.

아무도 망료를 유심히 보거나 신경 쓰지 않았다. 망료는 노인에게 가까이 가서 가볍게 목례를 했다. 그러나 노인은 여전히 서류에서 고개를 들지 않고 있었다.

덕분에 망료는 노인을 자세히 관찰할 수 있었다.

사자의 갈기처럼 마구 뻗은 봉두난발의 흰머리. 작고 구부정한 체구.

평범한 인상이었다. 어딜 가면 거지로나 취급받을 듯한 노인이었다. 나이가 팔십이 넘었으니 당연한 일인지도 몰랐다.

'이 노인네가 염왕이라고?'

당청의 눈은 손에 든 서한과 죽간을 순식간에 훑는다. 보통 사람이라면 절대로 불가능한 일이다.

"왜 그랬어. 귀찮게. 보수해야 되잖아."

당청이 고개도 들지 않고 망료에게 한 말이었다. 인사도 하지 않았다. 그런 예법 정도는 신경도 쓰지 않는 당청이다. 어차피 누군지 알고 있는데 뭐하러 인사를 나누는가 하는 투였다.

망료는 뺨을 긁적였다. 자신이 담벼락을 목발로 두드리며 일부러 벽에 표시를 해 놨는데 당청이 이미 알고 있는 것이다.

"안내하는 놈이 귀찮게 길을 이리저리 돌아오지 뭡니까. 그 이후로도 두 번이나 뺑뺑이를 더 돌리더군요."

"그거 만든 석공에게 상 줘야겠네. 세 번 돌게 했어."

당청이 손가락을 부딪쳐 딱 소리를 내자, 옆에 있던 학사가 바로 명령을 적어서 다른 이에게 전달했다. 아마도 석공에게 보상을 하라는 내용인 듯했다.

여전히 당청은 고개도 들지 않고 서류를 보는 중이었다. 망료에게 더 이상 묻지도 않았다.

망료는 기다리고 있으면 한세월이 될 것 같아 먼저 말을 꺼냈다.

"사실은…… 따지러 왔습니다."

"말해."

"오도절명단의 효과가 시원찮습니다."

그 말에 아주 잠시간 대청 내에 소리가 사라졌다. 몇몇이 긴장한 듯 망료를 쳐다보았다. 그러나 당청은 서류를 보는 데에 열중이었다. 대답도 간단했다.

"맞아. 오도절명단은 아직 미완성이야."

그제야 대청의 이들이 고개를 돌리고 다시 일을 계속했다.

망료가 다시 따졌다.

"미완성인 제품을 주시면 제가 일을 하는 데에 아주 곤란해집니다."

어찌 보면 건방질 수도 있는 말이었으나 당청은 감정적인 부분에는 영 관심이 없어 보였다.

"그래야 완성하지. 실패 없이 어떻게 성공을 해. 수천 년을 이어 온 정종의 내공심법이 어지간한 독에 대충 뚫리는 줄 아나?"

"독을 썼다가 실패하면 괜한 의심을 받을 수도 있지 않겠습니까."

"내가? 자네가?"

망료는 잠깐 고민했다. 상황을 보니 당청은 당가가 의심을 받든 말든 신경도 쓰지 않을 것 같았다. 아니, 신경을 쓰지 않는다기보다는 그런 일이 생겨도 어떻게든 처리해 낼 수 있어 보였다.

망료가 어쩔 수 없이 고개를 젓고는 대답했다.

"제가 그렇다는 말입니다."

"알았어. 이것 가져와."

전자의 말은 망료에게 후자는 옆의 학사에게 한 말이다. 당청이 작은 죽편에 휘리릭 글씨를 써서 학사에게 주었다. 학사가 죽편을 들고 어디론가로 갔다.

망료와 나누는 그 짧은 대화의 중간에도 계속해서 서류들이 들이닥쳤다. 쉴 새 없이 당청의 옆에 서류를 쌓아 놓고 당청은 그것을 읽는다. 가끔 전언으로 전해 오는 경우도 있었다. 지금도 망료와 대화를 하고 있든 말든 바로 끼어들어 보고했다.

"평남에서의 시험이 실패했습니다. 삼십오 명이 해독되지 않은 채 죽었고 오십 명의 원 거주민이 중독됐습니다."

당청은 잠깐의 고민도 없이 말했다.

"다 폐기해."

"예."

전언을 가져온 자도 한두 번이 아니었던 듯 무표정하게 물러나 옆의 학사에게 요청하여 서신에 도장을 받아 갔다. 잠깐 사이에 오십 명의 목숨이 결정되어 버린 것이다.

아까 죽편을 들고 달려갔던 학사가 돌아와서 망료에게 작은 함을 건넸다. 학사가 함을 열어 보였다. 함안에는 손가락 길이의 아주 작은 호리병이 들어 있었다.

"이근호심액(李槿虎心液)이야. 사지가 절단되어 기가 제대로 유통되지 않는 불구의 몸에 좋지. 자네가 음용하면 이십 년의 내공 증진 효과가 있을 것이야."

강호에서 금 수십 냥은 족히 될 만한 가치의 영약을 이렇게 쉽게 내주니, 망료는 얼떨떨하기까지 했다.

"뭐, 주신다면야 감사히 받겠습니다."

말을 하면서도 당청은 읽던 죽간 하나를 들어서 옆으로 던졌다.

"송주의 동남동녀 삼십 명도 폐기해. 거점을 정리하고 귀환하라 해."

그사이에 또 삼십 명의 운명이 결정지어졌다.

여러 명의 학사가 앉아 있다가 한 명이 죽간을 받아 들고 물었다.

"책임자인 권옹은 어찌할까요."

"놔둬. 뒤처리하는 능력 좀 보게."

대기하던 학사가 떨어진 죽간을 주워 가지고 갔다. 왜 당청이 염왕으로 불리는가를 볼 수 있는 일면이었다.

당청이 고개도 들지 않고 망료에게 말했다.

"이제 가 봐."

하지만 망료는 당청의 말을 듣지 않았다. 자신이 여기까지 온 데에는 목적이 있다. 그 목적을 달성하지 않고는 돌아갈 수 없었다.

"드릴 말씀이 있습니다."

당청이 말했다.

"내가 왜 자네를 만나자고 해서 이근호심액을 줬느냐면 자네가 묵룡을 데려와서야. 백리가의 가전심법에 관계된 체질을 연구할 기회가 통 없었거든. 금강천검이 워낙 꼼꼼해서. 자네 덕분에 좋은 기회가 됐어."

망료는 왠지 듣지 말아야 할 말을 들은 기분이었다. 당청은 아무렇지 않게 말하고 있으나, 만일 그것을 백리중이 알게 된다면 망료는 죽은 목숨이나 다름없었다. 자신의 목숨을 살리기 위해서라도 지금 들은 얘기에 대해선 입을 다물어야 하는 것이다.

"제 목숨값으로 이근호심액이면 모자란 것 아닙니까."

"금 스무 냥짜리 이근호심액이면 충분해. 욕심부리지 마."

"욕심을 부리려는 게 아닙니다. 거래를 하려는 거지."

당청이 또 서신 한 장을 옆으로 던졌다.

"하북의 상단을 매각해. 은 오만 냥 이상이면 매각. 이하는 불가."

다른 이가 바로 서신을 받아서 기입을 한 후, 학사에게 직인을 받아 갔다. 당청은 마치 망료가 없는 듯 행동하고 있었다. 이런 자에게 구구절절이 설명해 봐야 역효과가 날 터였다.

"나는 거래를 안 해. 그저 결정할 뿐이지. 거래 품목도 내가 결정하고 가격도 내가 결정한다. 그것뿐이야."

망료는 직접적으로 말했다.

"월하노인이 되어 보고자 합니다."

월하노인은 중매쟁이다. 중매를 서겠다는 것이다.

그러나 그것이 통상적인 중매를 의미하는 건 아닐 터인데도 당청은 신경도 쓰지 않고 죽간만 쳐다보았다. 저 무신경함이 더욱 분위기를 건조하게 만들고 있었다.

망료가 다시 한마디를 덧붙였다.

"당하란 소저와."

당청이 멈칫했다. 분위기가 살짝 변했다.

망료는 빠르게 말을 이었다.

"독룡 어떻습니까?"

그제야 당청이 고개를 들어 망료를 쳐다보았다.

그동안 보이지 않던 당청의 얼굴 전체가 드러났다. 동그란 얼굴에 작은 눈, 귀밑까지 입이 찢어져 있는 기괴한 얼굴.

그 얼굴로 당청이 갑자기 웃었다.

"이히히히! 이—히히히!"

섬뜩한 목소리의 웃음이었다. 망료는 실로 오랜만에 소름이 끼쳤다. 그간 수많은 미친 작자들을 만나 왔지만 이렇게 미친 작자는 또 처음이었다.

당청이 웃을 때마다 대청 안의 공기가 울렁거렸다.

이히히히! 이히히—잇!

당청은 대청 전체를 자신의 내공으로 두르고 있다. 그 와중에 감정적인 변화를 일으키니 기막이 통째로 흔들리는 것이다.

망료는 불쾌한 기분을 느끼며 자신의 내공이 당청의 내공에 반응해 부글부글 끓는 것을 느꼈다.

그러나 몇몇 학사들을 제외하고 나머지 일꾼이나 서신을 분류하는 이들은 전혀 동요가 없다. 학사들이야 고수라 치더라도 나머지는 무어란 말인가?

망료가 그들을 이상한 듯 쳐다보자 당청이 말했다.

"벙어리에 귀머거리야. 이히히히!"

역시나였다. 자신을 세 번이나 같은 곳을 돌게 해서 오게 한 당청의 꼼꼼한 일 처리라면 능히 그럴 만하다.

당청이 웃음을 좀처럼 그치지 못하면서 말했다.

"대단한데? 예상도 못 했어. 나 당청이가 흥미를 느낄 만한 거래를 가져온 놈은 십 년 만에 자네가 처음이야."

당청은 자신의 앞에 있는 죽간과 서신을 양옆으로 밀어 쫙 치웠다. 즉시 시비(侍婢)들이 와서 차와 찻잔을 가져다 놓았다.

당청은 작은 모래시계를 들어 세웠다.

"일다경 주지."

그저 진자강을 언급했을 뿐인데 아무것도 묻지 않고 바로 시간을 냈다. 그것은 이미 망료의 얘기에 흥미가 생겼다는 뜻이며 동시에 이미 독룡에 대해 어느 정도 알고 있다는 뜻이다.

이쯤이면 거래는 거의 성사가 된 것이나 다름이 없었다.

당청이 먼저 말을 꺼냈다.

"독룡은 무림총연맹에 쫓기고 있으며 지금은 사파의 산동요화와 동행하고 있지. 독룡을 본 가의 사위로 받아들이면 무림총연맹과는 척을 져야 한다. 해법은?"

"독룡은 운남 약문 백화절곡 출신으로 본디 정파라고 할 수 있습니다. 그것만 세간에 밝힌다면 당문의 사위로 받아들이는 것도 불가능한 일이 아닙니다."

당청이 빠르게 되물었다.

"백화절곡 출신이라면 자네가 몸담았던 지독문과 관련이 있지. 그것도 금강천검이 조정관이 되어 판결한 사건이야. 독룡은 백리중과도 대단한 악연이 있을 것 같은데, 어떤가?"

"그렇습니다. 저와도 해결해야 할 연이 있습니다만, 독룡이 최종적으로 원하는 것이 바로 금강천검 백리중입니다."

당청이 잠시 망료의 눈을 쳐다보더니 다시 물었다.

"금강천검은 해월 진인의 계파라서 백리중과 척을 지는 것은 무림총연맹과 척을 지는 것과 같지. 자, 우리 당가는 무림총연맹에 가입되어 있는 가문으로서 무림총연맹과의 관계를 해결해야 한다. 해법은?"

"백리중과 해월 진인의 사이를 갈라놓습니다."

소리는 내지 않았으나 당청의 웃음이 짙어졌다.

"그리고?"

"백리중을 맹주로 추대합니다."

"그러면 무림총연맹과 결별할 필요가 없을 것이다?"

"아닙니다."

망료는 잠시 말을 않고 할 말을 입 안에서 골랐다. 잘못 이야기하면 오늘 망료는 살아서 나가지 못할 수도 있다.

입술에 마른침을 바르며 망료가 말했다.

"그때야말로 무림총연맹과 결별할 적기입니다."

이히히히히! 이─히히─히!

당청의 웃음이 짙어졌다. 작은 눈을 동그랗게 뜨고 찢어진 입으로 크게 웃었다.

"마음에 들어! 아주 마음에 들어! 반만 맞았지만 그래도 마음에 들어."

망료는 긴장을 늦추지 않고 대답했다.

"약문이 왜 독문에 공격당했는가. 그 배후가 어디인가. 본 지독문이야 말단이었으니 독곡의 명령대로 할 수밖에 없었습니다만."

망료가 손을 펼쳐서 주위를 가리키며 말했다.

"여기에 와서 그것을 깨닫게·됐습니다. 어르신의 허락을 받지 않고선 독문이라 할지라도 전 중원에 걸쳐서 그런 일을 벌일 수 없었겠더군요."

"이히히히!"

"더불어 약문을 공격하면서 독문이 얻을 수 있는 게 무엇인지도 방금 알게 됐지요. 그건……."

당청은 힐끗 앞에 놓인 모래시계를 보았다.

"시간 다 됐어. 다 아는 얘기로 시간 낭비를 할 필요는 없지."

당청이 찻잔에 남은 차를 홀짝 마셔 버렸다. 동시에 망료와 당청을 두고 주변에 반구형(半球形)의 단절이 생겨났다.

부욱! 부우욱!

기막을 몇 겹이나 쳤는지 밖의 색이 다 뿌옇게 보일 지경이었다.

당청은 혼잣말처럼 말했다.

"지난해, 나라에 부패한 관리들이 많아 치수(治水) 사업이 엉망으로 진행됐다네."

한마디라도 놓쳐서는 안 된다. 망료는 귀를 기울여 당청의 말에 집중했다.

"또한 올겨울에는 전년보다 두 배의 눈이 와서 산중에 깊은 눈이 쌓였고 그 눈이 봄을 맞아 녹을 것이며, 이번 여름 장마엔 사 년마다 돌아오는 극심한 폭우가 쏟아질 것일세. 황하가 범람하고 집들이 물에 잠기며 수많은 사람들이 죽을 걸세. 쥐가 시체를 파먹고 들끓을 것이며, 반대로 사람들은 먹을 것이 없어 굶어 죽게 되겠지."

당청이 망료를 보고 웃었다.

"올여름…… 중원에는 이전에는 단 한 번도 겪어 보지 못했던 고약한 역병이 창궐하여 역대 최대의 사상자가 발생할 걸세."

당청은 뒷말을 잇지 않고 입 모양만으로 중얼거렸지만 망료는 말을 알아듣고 소름이 끼쳤다.

심지어는 구대문파의 고수들이라 할지라도 예외 없이…….

망료는 놀라서 움찔했다.

당가로부터 오도절명단을 공급받게 되었을 때, 망료가 들은 말은 다음과 같았다.

—수량은 무한정으로 공급해 준다. 최대한 많은 수량을 써서 효과를 입증한다면 더 많은 지원을 약속하겠다.

단순히 오도절명단을 무기로 쓰기 위해 강력하게 개량하려는 게 아니었다.

자신의 생각보다도 훨씬 더 큰 해일이 눈앞에 다가와 있었다.

어느새 기막이 해제되었는지도 눈치채지 못할 만큼이었다.

이것은 단순한 반란이나 내전을 꾸미는 정도가 아니다. 대권을 차지하기 위해 꿈틀거리는 욕망이다.

당청이 손가락을 튕기자 시비들이 와서 찻잔을 치워 갔다.

당청은 망료에게 옥으로 된 패를 던져 주었다. 당청의 직인과 당가의 상징이 조각된 패였다. 이것은 당가의 수뇌부로부터 특별한 명을 받았다는 걸 의미한다. 정말로 당가의 모든 지원을 받게 될 수 있다.

"염라패야. 일전에 약속한 지원이지. 방금까지 내가 말한 걸 잘 이용해 봐. 최대한 지원해 줄 테니까 마음껏 날뛰어. 도를 넘는다 싶어도 상관없어."

"도를 넘는다는 건 중매도 포함하는 겁니까?"

당청은 죽간과 서류를 앞으로 모아 놓고 다시 일할 준비를 시작하며 대답했다.

"솔직히 말할까? 나는 독룡보다 자네가 더 마음에 들어. 전부터 관심을 갖고 지켜봤지. 그래서 독룡을 미끼로 가져온 자네의 거래를 수락한 게야."

그래서 당청은 구 년이나 된 운남 변방의 백화절곡에 대해 알고 있었던 것이다.

망료는 묘한 기분을 느끼며 당청의 말을 기다렸다. 당청은 화끈하게 망료의 기대에 보답했다.

"그러니까 놈을 데려다 혼인을 시키든 키우든 마음대로 해. 허락은 필요 없어. 모든 책임은 내가 진다."

당가 여식의 혼사 문제까지도 결정할 수 있게 되는 권한이라니!

갑자기 생각난 듯 당청이 죽간을 펼치다가 말했다.

"그리고 조만간 해월이 자네를 부를지도 몰라. 그때 실력 발휘를 좀 해 보라고."

무림총연맹의 맹주가 자신을 부를 것이다?

"음......."

망료는 염라패를 만지작거렸다. 당청은 망료에게 굉장한 권력을 주었다. 지원하기로 한 약속을 지켰다.

그러나 망료는 무슨 생각이 들었는지 탁자 앞까지 걸어갔다.

뚜걱, 뚜걱.

그러더니 돌연 염라패를 탁자에 내려놓았다. 놓기는 했으되 완전히 손을 떼진 않았다.

"무슨 짓이야?"

"죄송하지만 저는 남의 밑에서 일하기를 좋아하는 성격이 아닙니다."

당청이 망료를 빤히 쳐다보았다. 찢어진 입이 더 찢어져서 시시덕거리면서 웃고 있었다.

그러면서 당청이 한 말은…….

"아아, 나이가 드니까 기억력이 자꾸 떨어지려고 하네. 참, 그때 내게 전해 준 조언은 고마웠네. 덕분에 오도절명단은 다음 생산품부터 은박이 아니라 금박을 입히기로 했지. 큰 도움이 됐어."

방금 상황과 맞지 않는 전혀 엉뚱한 말이었다.

그럼에도 불구하고 망료 역시 대답에 개의치 않았다.

오히려 망료는 웃으면서 염라패를 다시 챙겼다.

"별말씀을. 좋은 거래였습니다."

당청은 다시 아까의 무심한 표정으로 돌아가 죽간을 들여다보기 시작했다.

방금 무슨 일이 있었냐는 듯, 아무렇지 않은 표정이었다.

망료는 포권이나 인사도 하지 않고 그대로 돌아섰다.

방금 망료는 확인해 본 것이다.

염라패로 어디까지 '도'를 넘을 수 있는지.

그리고 당청은 확인해 주었다.

망료가 어디까지 '도'를 넘어도 되는지.

이것은 그야말로 망료에겐 최고의 거래였다.

망료는 가슴을 펴고 목발을 짚으며 대청을 나갔다.

뚜걱, 뚜—걱!

사실 당청은 해월 진인을 만나기에 앞서 선수를 치고 싶었던 것인지도 모른다. 단순히 망료를 통해 해월 진인과 백리중의 사이에서 수작을 부리고 싶은 것일 수도 있었다.

그러나 상관없다.

이제 염왕 당청은 적어도 망료가 자신의 심기를 거슬러서 그의 결정에 의해 축출되기 전까지 망료의 든든한 힘이 되어 줄 것이다.

第三章

허(虛)

대읍으로부터 천오백 리.

구불구불한 산길과 높은 고원 지대로 마차는 쉬지 않고 달렸다.

고지대에 오르자 경사가 완만해지고 거의 평지에 가까운 길이 이어지기 시작했다.

마차는 민산 산맥을 옆에 끼고 깊지 않은 계곡 사이로 흐르는 민강을 따라 계속해서 나아갔다.

간간이 서장과 무역을 위해 지나는 상인들이 스쳐 지나갔다. 장족들이 군데군데 마을을 이뤄 사는 모습도 보였다.

며칠간의 강행군에 의해 마차도 사람도 모두 지쳐 있었다.

특히나 제대로 치료받지 못한 단령경의 상태가 심각했다. 독 때문에 내공도 제대로 펼치지 못해서 잘린 어깨가 곪아 고름이 흘러내렸다.

"쉬어 가야겠습니다."

편복이 권했다. 이쯤 됐으면 추적자들도 잠시 따돌릴 만큼 시간을 벌었다고 생각했다. 아니, 따돌리지 못했더라도 정말로 쉬어야 했다.

마차를 몰던 사파인이 말했다.

"이쪽에 차마고도(茶馬古道)가 있어 상인들이 모이는 큰 마을이 있습니다."

"그쪽으로 가세."

진자강은 마차의 휘장을 잠시 걷었다. 풍경에 시선을 돌릴 때는 아니었지만 주변의 풍경은 마치 그림처럼 아름다웠다. 특히나 물의 색은 비취(翡翠)를 연상케 할 정도로 특이한 푸른색이었다.

"여기는 경해(鏡海)라고 불리는 곳입니다."

정말로 호수가 거울과 같았다. 호수를 아우르고 있는 산의 모습이 호수에도 그대로 비쳐서 수면 아래로도 산이 있는 듯했다.

"근처에 아홉 군데의 큰 장족 마을이 있습니다. 여긴 장족의 영역이라 사천 무인들의 시선을 피하기에도 나쁘지 않습니다. 잠시 쉬어 가기 좋을 겁니다."

경해를 얼마 지나지 않아 장족과 서장인, 중원인들이 한데 모인 시끌벅적한 마을이 나타났다. 한가한 고원 지대에 자리한 마을이라고는 보기 어려운 번화함이 있었다.

서장까지 워낙 길고 험한 무역로를 오가는 이들이 많았기 때문에 일행의 남루함이나 지저분한 행색은 크게 눈에 띄지 않았다.

객잔에 숙소를 잡고 바로 휴식을 취하기 시작했다. 단령경은 옆방에서 혼자 계속해서 운기조식을 취하며 상처의 악화를 억눌렀다.

사파인은 타고 온 마차를 처분하고 새 마차를 구하겠다고 나갔다. 그사이 소소가 진자강에게 손짓, 발짓으로 약이 필요하다고 알렸다.

지금 일행 중에 제대로 움직일 수 있는 건 사파인과 진자강뿐이었다.

진자강이라고 싸움 중에 다치지 않은 게 아닌데 제일 멀쩡했다. 정확하게는 놀랄 정도로 빠르게 회복했다는 게 옳을 터였다.

소소가 필요한 약과 약재를 적어 주었다. 소소의 약재에 대한 이해도는 진자강보다 훨씬 높았다. 명색이 약문인 진자강이 다 부끄러울 지경이었다.

게다가 장원을 나올 때 잊지 않고 금전까지 챙겨 오는 꼼꼼함도 잊지 않았다.

"나중에 시집가면 살림 잘하겠다."

편복의 실없는 농에 소소가 얼굴을 붉혔다.

진자강은 소소에게 돈주머니를 받아 허리춤에 챙겼다.

"다녀오겠습니다."

진자강이 객잔을 나가자, 편복은 부럽다는 듯 한숨을 쉬었다.

"저 친구는 늘 생생하구만. 아니, 그렇게 싸움을 하고 피투성이가 됐는데 맨날 지나고 나면 저 친구만 멀쩡해. 눈알도 엊그제까지 뻘겋더니 지금은 멀쩡한 거 봐."

편복은 나이가 있는 탓에 아직도 남가촌에서 다친 발이 낫지 않아서 고생하고 있었던 것이다.

운정도 머리를 긁적였다. 진자강의 놀라운 회복력은 자신도 따라갈 수 없었다.

소소가 와서 운정의 상처를 돌봐 주었다. 깨끗한 천으로 상처를 닦아 주었다. 소소의 표정이 좋지 않았다. 운정의 꿰뚫린 배는 불살검에 실린 좋지 않은 기운 때문인지 쉽사리 아물지 않고 계속 상처가 덧나고 있었다.

"아어어."

소소가 무리하지 말고 쉬라는 손짓을 했다. 운정이 부끄러워하면서 고개를 끄덕였다.

*   *   *

진자강은 객잔을 나와 번화한 거리를 걸었다.

생김도 조금씩 다르고 옷차림도 다른 온갖 사람들이 거리를 메우고 북적거렸다. 짐을 실은 나귀며 말이 쉴 새 없이 거리를 지나다녔다.

곳곳에서 흥정을 하는 목소리가 들려오고 거친 욕이나 싸우고 있는 말들도 들려왔다.

일찍이 진자강이 경험해 보지 못한 활기가 가득 차 있었다.

심지어는 홍등가처럼 보이는 골목에도 특이한 복장을 한 여러 민족의 여자들이 보였다. 여자들이 지나는 상인들에게 눈웃음을 치며 경쟁적으로 그들의 팔을 잡아끌고 있었다.

진자강은 조금 어지러워졌다.

만일의 상황에 대비하기 위해 주변의 모든 환경을 미리 인식해 두는 진자강이다. 그러나 지금은 진자강이 받아들여야 할 정보들이 너무 많았다.

몇몇 여자들이 진자강에게도 다가왔다. 진자강의 팔을

잡아끌었다. 일부는 진자강보다 훨씬 나이가 많아 보였지만 일부는 진자강과 비슷하거나 어린 나이도 있었다.

진자강은 이런 경우가 처음이었으나 당황하지 않고 몸을 빼냈다. 알지 못하는 사람이 몸에 함부로 손을 대는 것이 달가울 리 없었다.

이제껏 진자강이 살아온 세계에서는 낯선 사람이 몸을 만지는 건 생각해 보기 어려웠다. 그러나 이곳을 지나가는 사람들은 뭔가 달랐다.

길을 가다가 어깨를 부딪쳐도 무신경하고, 누군가 소리를 지르며 싸워도 신경 쓰지 않았다. 푸줏간에서는 손에 칼을 들고서 손님과 농담을 하기도 했다.

'이게 평범하다는 건가?'

그제야 무림의 세계와 일반인들의 삶이 생각보다 동떨어져 있다는 것을 깨달은 진자강이다.

진자강은 홍등가의 골목과 곳곳에서 흥정하는 상인들을 지나 약방을 찾았다. 약방의 안에는 중원에서 보기 힘든 특이한 재료들도 많이 보였다. 운남에서 자란 진자강이 처음 보는 것들도 있었다.

나이 든 약방의 주인은 진자강이 내민 약과 약재의 이름들을 보고 고개를 설레설레 내저었다.

"몇몇은 여기서 안 나는 약재라 없는데…… 아마 이 동네를 다 돌아다녀도 구하기 어려울 거요."

약방 주인이 넌지시 물었다.

"무림인이슈?"

진자강은 뭐라고 대답해야 할지 몰랐으나, 곧 사실대로
말할 필요가 없다는 걸 깨달았다.

"아닙니다. 심부름하는 겁니다."

"하긴 무림인치고 너무 곱상하군. 피부도 깨끗하고. 여
기 사람들은 보다시피 다 까맣거나 벌겋게 탔거든."

약방 주인이 껄껄 웃었다. 진자강은 약방에 있는 재료만
사서 약방을 나왔다. 몇 군데의 약방을 돌아다녀서 웃돈을
주고서까지 약을 구하려 했지만 몇몇 약재는 여전히 구할
수 없었다.

"일단 돌아가서 급한 대로 약을 전해 주고 남은 약재의
대체품을 찾는 수밖에."

약방을 찾으려 돌아다닌 사이에 꽤 멀리까지 나왔다.

진자강이 앞의 골목을 돌아 객잔으로 돌아가려는데, 갑
자기 툭 튀어나온 진자강 또래의 소년이 진자강과 부딪쳤
다.

"아이쿠!"

머리에 특이한 색의 두건을 두른 소년이 당황한 듯 소리
를 쳤다. 진자강은 반사적으로 몸을 틀어 피했다.

진자강이 피한 덕분에 소년은 진자강의 허리춤에서 돈주머니를 채 가던 걸 들키고 말았다. 그러나 이미 소년의 손에는 돈주머니가 들려 있었다.

부딪치는 건 피했는데 그사이에 돈주머니를 묶은 끈을 끌러 낸 것이다.

소년은 자신의 손이 돈주머니를 쥐고 있는 걸 들키자, 멋쩍게 웃더니 바로 달아나기 시작했다. 진자강이 따라가려 하니 갑자기 장족 남자들이 진자강의 앞을 가로막았다.

다섯 명이나 되는 장족 남자들이 주먹을 우득거리고 상의를 벗으면서 진자강을 위협했다.

"웬만하면 그냥 가던 길 조용히 가지."

"그러게 왜 돈 자랑을 하면서 여기까지 들어와 다녀."

"보아하니 생긴 것도 멀끔하니 부잣집 자제 같은데 적선하는 셈 치고 가시오."

진자강이 대답 없이 덤덤한 눈으로 쳐다보자 남자들의 표정이 조금 변했다.

"뭐야. 해보겠다는 거야?"

"절름발이 주제에 죽고 싶어?"

"여기서 죽으면 아무도 모르게 모우(牡牛) 밥이 되는 수가 있어."

모우는 큰 뿔이 나 있고, 길고 검은 털을 가진 소로 이 동네에서 흔히 볼 수 있는 소다. 소가 사람을 먹는지는 모르겠으나 어쨌든 위협을 하는 말임에는 분명했다.

진자강은 주위를 살폈다.

사람들이 지나가고 있는데도 진자강의 일에 별 신경을 쓰지 않고 있었다. 이쪽은 상인들이 아니라 이곳 원주민들이 사는 동네다. 구경꾼마저 있는 걸 보니 심심찮게 벌어지는 일인 듯했다.

이곳에서만큼은 중원보다 장족의 영향력이 더 큰 것이다.

진자강은 빤히 남자들을 쳐다보며 물었다.

"아까의 소매치기와 한패입니까?"

얼굴에 칼자국이 있는 마른 체격의 남자가 위협적으로 다가왔다.

"거 말을 해도 소매치기라니. 어? 우리 옆집 사는 애야. 왜 멀쩡한 애를 소매치기로 몰아. 네가 돈을 훔치는 걸 봤어?"

"봤습니다만."

마른 체격의 남자가 당황했다.

"봤어?"

남자들이 수군거렸다.

"뭐야. 무림인이야?"

"아까 아니라고 하던데?"

"제깟 게 혼자인데 어쩔 거야. 그냥 묻어 버려!"

남자들이 진자강을 포위했다.

어디서 그래도 무술을 배웠는지 남자들 중 한 명이 초식으로 진자강을 공격해 왔다. 좌우로 몸을 흔들다가 주먹으로 진자강의 배를 때렸다.

퍽!

진자강이 배를 맞고 웅크리자 머리를 잡고 무릎으로 찍었다.

진자강은 튕겨 나듯이 뒤로 물러나며 주춤거렸다. 눈 위쪽을 맞아 눈을 깜박거렸다. 금세 눈 위에 퍼렇게 멍이 들었다. 그러나 쓰러지진 않았다.

"이 새끼, 맷집 좀 보게?"

남자가 진자강의 관자놀이를 노려서 주먹을 날렸다. 진자강이 피하느라 남자의 주먹이 진자강의 이마 위쪽을 잘못 때렸다.

뿌득.

소리와 함께 남자가 비명을 질렀다. 주먹 뼈가 골절된 듯했다.

"아우!"

남자가 주먹을 붙들고 비명을 지르자 다른 남자들이 달

려들었다. 한 명이 진자강의 허벅지를 발로 찼다. 진자강이 다리를 들었더니 남자의 정강이가 진자강의 무릎에 맞았다.

둔탁한 소리가 나며 남자가 고통스러운 표정을 지었다. 부러지진 않았으나 정강이 뼈에 금이라도 간 듯 다리를 절었다.

다른 남자들이 진자강을 때리기 시작했다. 진자강은 속수무책으로 맞았다. 진자강이 뒷걸음질을 치자 뒤에 서 있던 남자가 진자강의 등을 확 밀었다.

진자강이 앞으로 떠밀리며 앞의 남자 코를 들이받았다.

뻑!

코가 주저앉는 소리와 함께 남자의 코에서 피가 터졌다.

"으아악!"

남자가 코를 잡고 뒤로 자빠졌다.

"이 새끼가!"

옆에서 진자강의 얼굴에 주먹질을 했다. 주먹이 빗나가 주먹 뼈가 아니라 손가락의 관절이 진자강의 머리를 때렸다. 비명은 때린 남자가 질렀다. 손가락이 안으로 눌려서 주먹을 펴지 못했다.

"으으윽!"

그래도 숫자가 많아서인지 진자강은 계속해서 얻어맞았

다. 진자강이 넘어지자 남자들이 발로 차고 짓밟아 댔다. 진자강의 얼굴은 금세 퉁퉁 붓고 입술에서 피가 났다.

퍽퍽! 퍽!

하지만 그 와중에 진자강의 얼굴을 맨발로 걷어찬 남자의 발등이 진자강의 앞니에 찍혔다. 발등은 통각이 집중된 곳이고 발가락을 움직이는 근육이 지나가는 곳이다.

남자의 발등에서 피가 찍 하고 솟구쳤다.

"아오!"

남자가 발을 제대로 딛지 못하고 절뚝거렸다. 남은 남자가 분풀이라도 하듯 쓰러져 웅크리고 있는 진자강을 계속해서 발로 찼다.

"이 새끼가! 이 새끼!"

지칠 때까지 진자강을 찬 남자가 칼을 뽑았다.

"확 목을 따 버려서……."

그 순간 남자는 웅크리고 있는 진자강의 눈을 보았다. 그렇게 맞았는데도 멀쩡하게 남자를 노려보고 있는 눈이다.

남자는 마른침을 삼키며 물러났다.

"목을 따서 모우 밥으로 던져 버리려다 말았어. 너 오늘 운 좋은 줄 알아. 여기 다시 얼씬거리면 죽는 거야."

하지만 멀쩡한 이가 없었다. 때린 건 남자들인데 죄다 어디 한 군데 다치거나 피가 났다. 절뚝거리고 신음을 흘리면서 남자들이 마을로 돌아갔다.

진자강은 몸을 툭툭 털면서 일어났다.

지나가던 사람들 중 한 명이 우물물을 퍼다 주었다.

진자강은 멍이 들고 부운 얼굴로 고개를 끄덕여 감사를
표했다.

*   *   *

"뭐냐?"

편복과 소소, 운정은 방으로 들어선 진자강을 보고 어이
가 없어 했다.

진자강이 심하게 얻어터진 몰골로 나타났으니 어이가 없
을 수밖에 없었다.

상태를 보면 추적자를 만난 건 아닌 것 같고 어디서 막싸
움을 하다가 맞고 온 것 같았다.

편복이 황당한 얼굴로 물었다.

"어디서 고수라도 만났냐. 왜 멀쩡하게 나간 애가 얻어
터져서 돌아왔어?"

진자강의 상태를 본 운정도 긴장하며 물었다.

"독룡 도우가 꼼짝 못 할 고수였습니까?"

하지만 진자강은 아무렇지 않은 듯 가져온 약을 소소에

게 건네줬다.

"마을 외곽에서 장족 사람들과 시비가 붙었습니다."

운정이 경악했다.

"다 죽였습니까!"

"아뇨. 보다시피 제가 맞았습니다."

"예? 독룡 도우가요?"

편복이 고개를 끄덕거렸다.

"사고를 치지 않으려고 일부러 맞고 왔구면. 역시 생각
이 깊……."

진자강이 살짝 미소를 머금었다.

웃는 미소에 전혀 억울한 느낌이 없었다.

흠칫.

편복과 운정은 불안한 기분이 들었다. 저 표정은 꼭 복수
를 하러 갈 것만 같은…… 아니, 이미 충분히 복수를 끝내
고 온 듯한 얼굴이지 않은가.

하기야 독룡이 맞고 왔다면 이유가 있을 터.

어디 가서 맞고 그냥 끝낸다는 것은 상상해 보기도 어려
웠다.

"소매치기를 당해서 돈을 잃었습니다. 미안해, 소소. 돈
은 다시 찾아올게."

편복이 말렸다.

"어이어이, 그 돈 찾아오지 않아도 될 것 같은데."

소소도 걱정스러운 얼굴로 고개를 좌우로 흔들었다. 진자강이 말했다.

"중요한 약재가 없습니다. 해마(海馬)와 전라(田螺)."

해마는 바다가 멀어 구하기 어렵고, 전라는 겨울철에 보기가 힘들다.

"전라라면 우렁이로군. 그런데?"

"대용할 수 있는 약재가 필요합니다."

약을 팔며 돌아다니는 편복도 해마와 전라가 쓰이는 용도를 대강 알았다.

"하지만 해마와 전라는 쓰이는 용도가 꽤 다양해서 대용할 약재를 구하기가 어려울 것인데…… 연골이 상하거나 골절, 출혈 혹은 간이 안 좋은 데에도 쓰고 폐렴, 황달에도 쓴단 말이지."

"그래서 대체재를 구해 오지 못했습니다. 어디에 쓸지 소소에게 물어봐야 할 것 같아서요."

소소가 물로 탁자에 '종독(腫毒)'이라는 글자를 썼다. 편복이 무릎을 탁 쳤다.

"아, 그렇지. 해마와 전라는 복용하거나 가루를 내어 바르면 종기를 치료하는 데 좋지."

소소가 고개를 끄덕였다.

불살검에는 오래된 피가 들러붙어서 자연적으로 독기가 생겨 있다. 그 독기 때문에 운정이나 단령경의 상처가 계속 곪아서 낫지 않고 있는 것이다. 그것을 치료하는 데에 쓸 생각이었다.

진자강이 말했다.

"그게 없으면 상처가 안으로 계속 파고들 겁니다. 먼 길을 가려면 반드시 필요합니다. 조금 씻고 다녀오도록 하겠습니다."

벌써 소소가 대야와 수건을 가져왔다.

진자강이 머쓱하게 웃었다.

"괜찮아. 이러지 않아도 돼."

하지만 소소는 굳이 진자강의 얼굴을 닦아 주었다. 진자강은 이런 상황이 어색하지 않다는 것에 자신이 더 놀랐다. 이미 소소에게 간호를 받은 적이 있기 때문일까.

어쩌면 이젠 누군가에게 익숙해진다는 것에 대한 두려움을 떨쳐야 할 때가 되었는지도 몰랐다.

*   *   *

방을 나가 복도를 지나던 중에 진자강이 잠시 멈췄다.

바로 옆방의 문 앞이었다.

"할 말이 있는가?"

문 안에서 들려온 단령경의 목소리였다.

진자강은 낮은 목소리로 물었다.

"망료와는 어떤 관계입니까."

"......."

"그자는 저의 철천지원수입니다. 제 사문인 백화절곡을 짓밟고 운남 약문을 파괴하는 데 앞장선 자입니다. 저는 그가 죽은 줄 알았습니다만."

"망료는 무림총연맹 휘하 제독부의 고문이며 금강천검의 수족 노릇을 하던 자일세. 금강천검이 청룡대검각의 각주 자리에 오르는 데에 상당한 공을 세웠다고 하지."

단령경이 살짝 호흡을 고르며 대답했다.

"하지만 사실 그는 한 발을 흑도 쪽에 담그고 있으면서 계속해서 정보를 거래하고 있었네. 우리 쪽에도 상당한 양의 정보를 제공했다네."

진자강은 묵묵히 듣고 있다가 물었다.

"하면 운남 독곡에서 저를 찾아오신 것도 그쪽을 통해서였습니까?"

"금강천검이 소협을 유독 주목하고 있다는 정보를 받고 달려갔던 것일세. 제갈가의 여식에 대해서는 망료가 아닌 다른 경로로 알아낸 것이나."

"그렇다면 역시 당시에 제게 말씀하신 사내의 얘기는……."

진자강은 뒷말을 잇지 않았다. 단령경도 더는 이야기를 끌지 않았다.

그것은 아마도 단령경에게는 꺼내기 어려운 쓰라린 과거임에 분명했다.

진자강은 알 수 있었다.

옥허구광 오뢰합마공이 아마도 단령경이 말한 그 비급이었으리라. 단령경이 말한 사내는 바로 금강천검 백리중이리라.

진자강에게도 백리중은 망료와 함께 죽여야 할 마지막 복수의 대상이었다.

잠시 문 안쪽에서 호흡이 거칠어지는 소리가 들려온다 싶더니, 단령경이 말했다.

"내 상태가 가히 심상치 않으니 나을지 장담할 수가 없군. 하여 한 가지 당부해 두고 싶은 것이 있네."

"들어드릴 수 없다 해도 괜찮다면 말씀하십시오."

"소협이 돌아오면 나머지 구결을 전수하겠네."

진자강은 잠시 생각하다가 대답했다.

"부탁이라면 들어드리겠습니다."

"하하……!"

단령경이 어이가 없다는 듯 웃음을 터뜨렸다.

"소협의 그 끝없는 배짱에는 나조차 배겨 낼 수가 없군. 아마도 무공을 전수하면서 부탁을 해야 하는 경우는……."

그러나 단령경은 갑자기 웃음을 멈췄다.

진자강이 말한 부탁의 의미를 알아챈 것이다.

단령경은 부드럽지만 진지한 어조로 말했다.

"알겠네. 이 나의 부탁일세. 되었는가?"

진자강이 미소를 지었다.

"반드시 부탁을 들어드리겠습니다."

단령경도 진자강의 말뜻을 충분히 알아들었다.

　　—먼 미래에…… 만일 그때까지도 네가 살아남는
　다면, 네가 반드시 죽여야 할 자라도 내가 요청한다
　면 단 한 번은 살려 주거라.

그것이 과거 진자강에게 한 단령경의 부탁이었다.

지금 진자강의 실력으로는 백리중을 살려 두면서까지 여유롭게 상대할 수 있는 수준이 아니다.

그러니 단령경이 무공을 전수한다는 것은 진자강을 위해서가 아니라 결국 자신을 위해서가 되는 셈이기도 했다.

그럼에도 불구하고, 비록 부탁이라는 구실을 내세운 것

이라 할지라도…… 어쨌든 진자강은 과거에 부탁한 단령경의 말을 들어주겠다고 다시 한 번 약속을 상기시킨 셈이다.

"잊지 않아 주어 고맙네."

진자강은 가볍게 고개를 숙이고 방문을 지나갔다.

*   *   *

진자강은 아까 소매치기를 당했던 동네로 다시 돌아갔다. 진자강을 알아본 장족의 사람들이 진자강을 힐끔거렸다.

진자강은 개의치 않고 주변의 약방들을 돌아다녔다. 대부분의 약방은 의방을 겸하는 경우가 많다. 예상대로 그중의 한 곳에서 아까의 남자들을 발견했다.

남자들이 약방에서 치료를 받고 있다가 깜짝 놀랐다.

"어엇! 저, 저놈은!"

진자강은 태연하게 약방으로 들어섰다.

주먹을 붕대로 감싼 자, 정강이에 부목을 댄 자, 코가 주저앉아 얼굴을 감싼 자, 그리고 마지막으로 발등을 찍힌 자. 그리고 진자강에게 칼을 대려 한 자도 있었다.

"네놈이 여기가 어디라고 다시 나타났……!"

진자강은 소리치는 남자를 빤히 쳐다봤다. 남자는 진자

강의 눈을 마주치고는 몸이 굳었다. 그다지 살기를 일으킨 것도 아닌데 눈빛만으로 위축된 것이다.

진자강은 아까 남자들에게 맞는 도중에도 화가 나지 않았다. 남자들이 내뿜는 미약한 살기와 투박한 주먹질은 진자강이 그간 겪은 것에 비하면 너무나 사소했다. 사소해서 상대할 가치가 느껴지지 않을 정도였다.

그러나 소매치기를 하고 폭력을 행사한 데 대해서 가만히 둘 수는 없다.

하여 진자강은 남자들에게 해마와 전라를 쓸 수 있을 법한 여러 가지 부상을 입히는 것으로 복수를 대신했다. 손가락의 힘줄을 다치게 하고 주먹과 다리에는 서로 다른 골절을 입혔으며 코에는 연골 상해 및 출혈을 입혔다.

특히나 앞니에는 청철혈선사의 독을 아주 살짝 묻혀서 발등을 찍었다. 아마 금세 발등에 부스럼이 일고 퉁퉁 부었을 것이다.

게다가 대부분 다리 쪽에 상처를 입혀 뒀으니 멀리 달아나지도 못할 터. 그러면 당연히 근처의 약방에서 치료를 하고 있을 수밖에 없었다.

"여기 있었군요."

남자들은 분명 자신들이 폭행을 한 가해자이면서도 약방 안으로 들어오는 진자강을 보고 꼼짝하지 못했다. 누가 가

해자이고 피해자인지 겉으로 보면 완전히 반대였다.

진자강은 발등에 붕대를 감고 있던 남자에게로 서슴없이 걸어갔다. 약방의 주인이 눈을 끔벅이면서 진자강을 쳐다보았다.

진자강이 남자의 발등에 매인 붕대를 다시 풀었다. 파랗게 붓고 고름이 나는 발등에 뭔가 짓이긴 풀을 붙여 둔 채였다.

"이건 무슨 약초입니까."

"이건 이 근방에서 많이 나는 패모(貝母)요. 종독을 빼는데 좋아서……."

진자강은 패모의 맛을 봤다.

급한 대로 해마와 전라 대신 쓸 수 있을 법했다.

"챙겨 주시겠습니까."

약방 주인은 말린 패모를 싸 줬다.

"지불은…… 아차. 이자들과 한패인 배수(扒手)에게 돈을 소매치기를 당한 걸 잊었군요."

진자강이 자신에게 칼을 들이댔던, 멀쩡한 남자를 쳐다보았다. 일부러 한 명을 남겨 뒀던 건 돈을 찾으러 가기 위해서다.

"갑시다."

"뭐, 뭘 말이……요?"

"내 돈 찾으러."

진자강은 남자의 멱살을 쥐고 밖으로 끌고 나가려 했다. 남자가 욕을 하며 칼을 뽑았다.

진자강은 손쓰는 걸 망설이지 않았다. 남자의 무릎을 차면서 남자가 휘청대는 순간 팔을 잡고 뒤틀었다.

우드득.

"으아아악!"

어깨가 빠지면서 남자의 팔이 축 늘어졌다.

"다음은 반대쪽 팔입니다. 그리고 그다음은 목이 될 겁니다."

"으으……."

진자강은 남자를 끌고 나갔다.

하지만 멀리 갈 필요가 없었다. 밖에 아까의 소년 배수가 있었다.

소년 배수는 억울한 표정으로 진자강에게 돈주머니를 던졌다.

진자강은 돈주머니를 열어 액수를 확인하고는 은전 한 닢을 소년에게 던져 줬다.

"약값이다."

소년이 은전을 받으려는 순간 진자강이 소년에게 다가갔다. 소년은 '앗!' 하고 놀라면서도 본능적으로 허공에 있는 은전에 손이 갔다.

달려간 진자강이 먼저 금나수법으로 은전을 낚아채려 했다. 그러나 소년도 만만치 않았다. 금나수는 아니지만 배수의 수법으로 독특한 손놀림을 부려 은전을 튕겼다. 은전이 소년의 손가락에 맞고 위로 튕겨졌다.

진자강은 소년의 손목을 갈고리 같은 손가락으로 잡아 갔다. 소년은 손목과 팔목을 반대로 틀어 미꾸라지처럼 빠져나갔다. 진자강의 금나수법이 대단하지 않더라도 바로 빠져나갔으니 놀라운 수법이었다.

소년이 검지와 중지 손가락 두 개로 은전을 잡아챘다. 진자강은 소년의 손가락 사이에 자신의 손가락을 끼워 넣어 잡는 것을 막았다. 소년은 새끼를 튕겨서 다시 은전을 떠오르게 했다. 소년이 반대쪽 손으로 은전을 잡았다. 진자강도 반대쪽 손을 곧게 세워 손끝으로 소년의 손바닥을 눌러 은전 잡기를 방해했다.

타탁, 탁.

소년이 따귀를 때리는 것처럼 진자강의 손을 때렸다. 그러면서 진자강의 엄지를 손아귀에 넣어 잡고 자신의 엄지와 검지로 은전을 잡았다.

진자강은 엄지에 힘을 주어 꽉 눌렀다. 소년의 장심이 진자강의 엄지에 눌렸다. 장심의 혈은 급소 중의 한 군데다.

소년이 '악!' 하고 낮은 신음 소리를 냈다. 그러더니 이를 악물고 손목을 안으로 꺾어서 잡고 있는 진자강의 엄지를 부러뜨리려 했다. 엄지를 제압하는 것만으로도 몸 전체를 속박할 수 있다. 진자강도 엄지가 꺾여서 절로 몸이 뒤틀렸다. 진자강은 몸을 아예 한 바퀴 더 틀어 버려서 원래대로 돌린 후, 반대 손으로 소년의 손목을 잡았다. 소년과 진자강의 손이 서로 얽혀서 우물 정(井)자 모양이 되었다. 소년은 그 상태에서 팔에 힘을 주고 뛰어올라 입으로 은전을 물었다.

금나수법으로는 진자강이 동수, 혹은 이긴 셈이 되겠지만 은전을 잡는 것만이라면 소년의 승리다.

그제야 진자강은 잡은 손을 풀어 주었다.

기실 소년의 배수 기술을 한 번 더 제대로 보고 싶었던 것이다.

소년은 숨을 헐떡이면서 입에 있던 은전을 손으로 옮겨 쥐었다.

진자강은 소년에게 눈짓으로 인사를 한 후, 약방 주인에게도 패모값을 지불하고 나왔다.

진자강의 뒤에서 소년과 남자들이 이상한 표정으로 진자강을 한참이나 쳐다보았다.

일행은 이틀을 마을에서 머물렀다.

편복도 푹 쉬니 좀 나아졌고 단령경과 운정의 상세도 많이 좋아졌다.

하지만 진자강은 가만히 있지 않고 계속 마을을 돌아다녀서 일행들을 궁금하게 만들었다. 보통 도망자들이 들키지 않으려고 가만히 숨어 있거나 하는 것과는 행동이 많이 달랐다.

"독룡 소협은 하루 종일 바쁘군. 여자라도 생긴 겐가."

"네에? 그 사이예요? 독룡 도우의 외모가 곱긴 하지만 그래도 그건 너무 하잖습니까."

"아어어?"

단령경과 운정, 소소로 이어지는 대화를 듣던 편복이 고개를 설레설레 저었다.

"아닐걸요. 독룡이 얼마나 치가 떨리게 철두철미한 친구인데 여자를 구하러 다닙니까."

운정이 물었다.

"왜 치가 떨리는데요?"

편복은 남가촌에서 있었던 일을 생각하고 몸을 부르르 떨었다.

"독룡하고 친구가 되기 전에는 물 한 모금 마셔도 위험하고, 문고리를 잡을 때도 위험하고, 짐 챙겨서 도망가도 위험해. 내가 그때 몇 번이나 죽을 뻔했는지, 으으으……."

하기야 운정도 진자강을 쫓아가다가 길을 잃기도 하고 중독도 되고 했던 경험이 있었다.

"하긴 그렇습니다. 무서운 도우예요."

단령경도 고개를 끄덕거렸다. 그녀 역시 경험이 있었다. 처음 진자강이 단령경을 만났을 때에도 차에 독을 타거나 독을 증발시켜 독무를 만들었다. 단령경의 무공이 높지 않았다면 충분히 당하고 남았을 일이었다.

소소만이 아니라고 고개를 흔들어서 진자강을 변호했지만 이미 당한 전력이 있는 세 사람은 소소에게 동의하지 않았다.

때마침 진자강이 돌아왔다.

소소가 진자강에게 달려가서 고개를 도리도리 흔들면서 뭐라고 손짓, 발짓을 했다.

편복이 일행을 대표해 물었다.

"자네가 왜 하루 종일 밖을 돌아다니는지에 대해서 우리가 많은 추측을 하고 있었는데 말야. 추적자들이 올 때를 대비해서 동네 지리를 보고 다니는 게지?"

진자강은 간단히 대답했다.

"네."

운정이 끼어들었다.

"그런데요. 독룡 도우. 도망 다니는 입장에서는 추적자들에게 들키지 않으려면 숨어 있는 게 낫지 않습니까?"

"숨어 있을 때가 좋을 때도 있긴 합니다만, 지금은 추적자가 제갈가와 아미파니까요."

"아아. 그러네."

일행들은 진자강의 말을 생각해 보고 납득했다.

제갈가와 아미파의 추적을 피하는 건 굉장히 어려운 일이다. 언제 뒤따라와서 어떻게 들이닥칠지 알 수 없는 일이었다. 그러면 숨어만 있으니 그 전에 탈출로를 확보해 두는 게 나을 수도 있었다.

편복이 자신의 말이 맞았다고 어깨를 으쓱하며 말했다.

"독룡 저 친구의 행동은 늘 허를 찌른단 말입니다."

마사불을 상대할 때에도 진자강의 허를 찌르는 능력이 아니었다면 일행은 지금 산목숨이 아닐 터였다.

하지만 진자강은 칭찬을 들으면서도 얼굴빛 하나 변하지 않았다.

"잘됐군요. 그럼 지금 허를 한 번 더 이용해야 할 것 같습니다."

"응? 또 왜 그러나?"

"상인이 아닌 무림인들이 오늘 아침 마을에 들어왔습니다. 제갈가나 무림총연맹의 추적자인 것 같습니다."

"허허, 벌써 여기까지 따라왔나."

확실히 진자강이 돌아다니는 것은 다소의 위험성에도 불구하고 상황을 파악하는 데에 큰 도움이 되는 것이었다.

"잠시 후에 마을을 떠나는 상단이 있습니다. 그 뒤를 따라가면 좋을 것 같습니다."

운정이 되물었다.

"지금 당장요?"

"아니. 오늘 저녁 해가 지기 전에 출발해서 상단의 뒤를 따라갑니다."

"왜요?"

"우리도 준비를 할 시간이 필요합니다. 상단을 따라가는 도중에 앞에서 오는 추적자를 만날 수도 있고 혹은 뒤를 따라잡힐 수도 있습니다."

편복이 고개를 끄덕거렸다.

"거리를 두고 따라가면 상단에는 의심을 받지 않아도 되고, 마차의 바퀴 자국도 상단의 것에 섞이겠군."

진자강은 빠르게 달아나는 것보다 따라잡혔을 때의 대비가 중요하다고 판단한 것이다.

진자강이 단령경을 보고 물었다.

"괜찮으시겠습니까?"

"물론."

짧은 시간이었지만 단령경도 푹 쉬면서 회복 단계에 들어서 있었다.

진자강은 마차를 몰고 왔던 사파인에게도 마차를 바꿔 달라고 말했다.

"그럼 한 시진 반 후에 출발하도록 하죠."

자연스럽게 일행들은 진자강의 이끎을 인정하고 있었다. 심지어 단령경이 있음에도 그러한 것이다. 진자강이 하는 것을 보고 있으면 저절로 믿음이 생긴다.

진자강에게 당해 봤기 때문에 오히려 진자강이 하는 행동을 믿을 수 있는 희한한 신뢰였다.

다들 짐을 싸는 와중에 단령경이 옆방으로 진자강을 불러 독대했다.

"내공을 상당 부분 회복했으나 앞으로 어떤 일이 벌어질지 모르니 옥허구광 오뢰합마공의 나머지 구결을 미리 전수하고자 하네."

단령경이 가부좌를 틀고 진자강에게도 똑같은 자세로 마주 앉게 했다. 그러나 진자강은 좌반신의 기혈에 문제가 있어 제대로 가부좌를 틀지 못하고 자세가 비뚤어졌다. 오랜 세월 다리를 절어 온 탓도 있었다.

"발목이 좌측으로 비틀리면 허리는 우측으로 비틀리고, 허리가 우측으로 비틀리면 척추는 좌측으로 비틀리게 되어 몸의 균형이 점점 어긋나게 된다네. 소협의 경우에는 좌측 어깨가 가라앉아 있어 상하좌우가 모두 비틀려 있네."

"알고는 있습니다. 좁은 공간에서 오래 살았더니 그런 모양입니다."

팔 년 동안 갱도의 굴에서 몸을 최대한 웅크려 정을 쪼았다. 어두운 동굴을 더듬으며 발뒤꿈치를 세우고 걸어 다녔다. 멀쩡했던 사람이라도 근골이 비틀리지 않으면 이상할 지경이었다.

단령경은 이해한다는 듯 고개를 끄덕였다. 알고 있다면 굳이 잔소리를 할 필요는 없었다.

"오뢰합마공의 유래에 대해서는 일전에 거론한 바 있어 들었을 것이야. 합마공은 도문의 무학으로서 흐르는 내공을 둑으로 막아 두었다가 한꺼번에 터뜨리며 폭발적으로 내공을 일으키는 심법일세. 하나 강한 힘에 사마외도의 길로 빠지는 경우가 많으므로 정종의 수행자는 이를 익히는 것을 가급적 금지하도록 권유하고 있네."

단령경이 잠시 쉬었다 말을 이었다.

"또한 오뢰진천공은 마도에서 쓰는 수법으로, 내공을 특정 혈맥의 구간에서 회전시키며 위력을 극대화시키는 심법이네. 광혈천공과는 그 뿌리가 같다고 할 수 있지."

그래서 단령경이 광혈천공에 대해 알고 있었으며 진자강이 오뢰합마공에 금세 익숙해질 수 있었던 것이다.

"오뢰합마공은 둘의 장점을 합한 것으로, 둑 안에 단순히 물을 가두어 두기만 하는 게 아니라 다섯 개의 소용돌이를 일으켜서 훨씬 더 거센 내공의 물살을 만든다네. 이것을 와류충제(渦流衝堤)라 하며, 다섯 가지의 와류는 각기 목화토금수의 오행(五行)을 상징한다고 알려져 있네."

소용돌이.

진자강에게는 수레바퀴처럼 느껴졌던 그것.

"와류충제……."

"그러나 합마공은 둑 역할을 하는 혈도에 내공이 집중되어 큰 내상의 우려가 있고, 오뢰진천공은 소용돌이가 일어나는 구간의 혈맥이 파열되어 상하게 되네. 둘 다 개세의 신공임에는 분명하지만 본인의 수명을 담보로 사용하는 심법들이 되는 게지. 때문에 내공이 이 갑자를 넘어가는 무인이라 할지라도 이 같은 심법들을 십 년 이상 사용하면 위험하다 여겨지네."

현재 진자강의 상태가 딱 그랬다. 내공을 사용할 때마다 혈도가 파괴되고 혈맥이 찢어졌다. 광혈천공은 계속해서 스스로를 상처 입히는 무공이었다.

"그럼에도 불구하고 내가 소협에게 이 무공을 전수하겠다는 것은, 오뢰합마공의 극에 이르면 그 부작용을 상쇄할 수 있는 유일한 길이 열리기 때문일세."

"그것이……."

"그것이 바로 옥허구광 오뢰합마공이라네."

"하면 제가 익힌 것은 옥허구광 오뢰합마공의 전체가 아닙니까?"

단령경이 고개를 끄덕였다.

"구광(九光)은 부처가 아홉 군데에서 설법을 열 때, 백호가 아홉 번 눈에서 빛을 냈다는 데에서 전해진 말일세. 옥허구광은 곧 몸 안의 아홉 군데 장소를 의미하며 각각의 장소에 둑을 지어 와류를 분산시킴으로써 훨씬 안정적인 힘을 추구하게 된다네. 즉, 아홉 군데에 둑이 생기는 것일세. 소협이 그중 하나인 중단전에 힘을 모으는 데에 성공했다면 옥허구광 오뢰합마공을 시작할 준비가 되었다 볼 수 있네."

문득 진자강이 물었다.

"한 가지 여쭐 게 있습니다."

"하여 보게."

"옥허구광 오뢰합마공은 청성파와 관계가 있다고 하셨습니다. 또한 말씀의 내용으로 보아 현재는 청성파와 좋은

허(虛) 123

사이가 아닐 것입니다. 그런데 왜 제가 그쪽으로 가자고 하였을 때 반대하지 않으셨습니까?"

"말했듯, 옥허구광 오뢰합마공을 완성한 사람은 청성파의 장문인인 무암 존사일세. 실제로 주의해야 할 인물은 오히려 무암 존사의 사제인 복천 도장이나…… 어쨌거나 내가 청성산으로 가는 것을 반대하지 않은 것은 그쪽이 오히려 안전할 것이라는 소협의 제안이 타당하다 생각해서였네. 또한."

단령경이 파리한 얼굴로 빙긋 웃었다.

"소협의 운이 어디까지 닿아 있는지 궁금해서일세. 나는 옥허구광 중에 겨우 다섯 개의 둑을 지었을 뿐이며 이후의 사광(四光)은 구경조차 하지 못하였네. 하여 그 뒤의 오의에 대해서는 조언해 주기 어렵지."

단령경이 진자강에게 당부하듯이 말했다.

"만일 소협이 옥허구광 오뢰합마공에 뜻이 있어 마지막 길을 열고자 한다면 무암 존사에게서 내가 얻지 못한 나머지 오의를 구해야 할 것일세."

기혈이 파괴되고 몸이 파멸되며 죽어 가는 광혈천공의 부작용.

그 부작용을 상쇄할 수 있는 길이 있다면 진자강도 하는 데까지는 노력해 보아야 한다.

죽고 싶지 않은 것은 진자강 역시 다른 이들과 다르지 않다.

죽지 않기 위해 오히려 죽음을 각오해야 하는 날이 많았을 뿐이다. 언제든 죽을 수 있다고 생각했을 따름이다.

"알겠습니다."

단령경은 미소를 머금었다.

"소협이 약하다고 말했던 나의 판단은 매우 잘못되었군. 소협은 누구보다도 강한 사람일세."

그것은 비단 진자강의 무공만을 두고 하는 말이 아님은 확실했다.

진자강은 단령경으로부터 옥허구광 오뢰합마공의 구결을 전수받았다.

구결은 여전히 난해했고 깊은 깨달음을 필요로 했다.

하나 그동안 제대로 된 스승 없이 내내 혼자서만 시행 착오를 거쳐 와야 했던 때와는 익히는 속도가 전혀 달랐다. 자신이 궁금했던 부분을 물어보면 바로 만족할 만한 대답을 얻을 수 있었다.

때문에 진자강은 잘못된 점을 고쳐 가면서 굉장히 빠르게 구결을 외고 이해할 수 있었다.

"지붕도 없이…… 간다고?"

편복은 눈앞에 놓인 마차를 보고 당황했다.

놀랍게도 진자강이 요구한 마차는 지붕이 없었다. 진자강의 담대함은 어처구니가 없을 지경이었다.

외모야 장포를 뒤집어써서 대충 가릴 수 있다 해도, 사파인을 제외한 다섯 사람이 문제였다.

쥐 수염의 노인과 출중한 외모의 단령경, 어린 도사와 벙어리 소녀, 그리고 남자치고 곱상한 외모의 진자강.

사천에서부터 이들을 알고 쫓아온 사람이 있다면 한 번쯤 수상하게 생각할 만한 구성이었다.

편복은 할 말을 잃었다.

"마치 방패도 없이 화살받이가 되어 전장에 끌려 나가는 기분이구만."

운정도 놀라서 입을 다물지 못했다.

"제정신으로 지금 이걸 타고 가겠다는 겁니까?"

소소도 열린 마차를 보고 두려워했다. 단령경도 마찬가지로 어이가 없었는지 피식 웃고 말았다.

진자강은 일행들에게 설명했다.

"지붕 하나에 찾아오지 않을 위험이라면 없는 편이 훨씬 위험이 적을 것입니다."

진자강은 지붕도 없이 수레와 같은 마차에 먹을 것을 잔뜩 실었다. 술과 고기, 심지어 간식까지도 준비했다. 누가 보면 놀러 가기라도 하는 것 같은 모습이었다.

심지어 길을 아는 사파인과는 여기서 헤어지기로 했다. 그래 놓고선 어처구니가 없을 정도로 태연하게 마부석에 올라 말고삐를 쥔 진자강이었다.

편복이 하늘을 보면서 투덜거렸다.

"비가 올 것 같은데……."

第四章

청성산

　몸이 좋아진 단령경은 예전보다 민감하게 감시의 눈길을
알아챘다.

　"아침부터 계속해서 따라붙는 자들이 있었네."

　경해를 지난 지 사흘 만에, 그리고 두 번째로 벌어진 일
이었다.

　첫날에도 출발한 지 얼마 안 되었을 때 뒤에 추적자가 달
라붙었다가 떨어져 나갔던 것이다.

　진자강이 대답했다.

　"우리 얼굴을 모르는 자들이겠군요. 지난번처럼 저들도
금세 없어질 겁니다."

편복이 투덜거렸다.

"확 그냥 잡아서 땅에 묻어 버리면 조용해질 텐데."

진자강이 대답했다.

"싸움이 무서워서 피하는 게 아니라 저들의 정보와 연락망이 어떻게 움직이는지 모르니까 피하려고 합니다."

"알아, 내가 그걸 모르겠나? 하지만 그러기엔 마차가 너무 느리니까 하는 말 아닌가. 이러는데 추적자들이 안 달라붙으면 그게 더 이상한 일이지."

아닌 게 아니라 일행의 마차는 굉장히 느렸다. 달구지보다 조금 더 빠른 수준이었다. 게다가 진자강이 휴식을 취해야 한다면서 중간중간 계속 쉬기까지 했다. 이렇게 편안하고 느긋한 여행은 편복조차 살면서 거의 처음일 지경이었다.

"저들은 사방에 거미줄을 쳐 놓고 기다리는데 우리는 굼벵이처럼 기어가고 있으니 거미줄에 안 걸릴 재간이 있나 모르겠네."

편복의 투덜거림을 들으면서 운정이 진자강에게 물었다.

"독룡 도우는 어찌 그리 침착하고 여유로울 수 있습니까? 바로 뒤에 추적자들이 따라오고 있다는데요."

"여유로워 보입니까? 저도 속으로는 굉장히 긴장하고 경계하고 있습니다."

"전혀 안 그래 보이는데……."

진자강의 표정만으로는 조바심을 내는지 결코 알 수 없었다.

편복이 운정을 보며 말했다.

"포기하시게, 도사님. 도사님은 이해해도 따라 하지 못할 거요. 이건 간이 배 밖으로 나온 사람들이나 할 수 있는 법이니깐."

진자강이 앞의 냇가를 가리켰다.

"말이 나온 김에 저 앞에서 잠시 쉬어 가겠습니다."

"또요?"

추적자도 따라오는데 대놓고 쉰다고? 라는 말이 목까진 나온 운정이었다.

"마차를 처음 몰아 봤더니 아직 손에 덜 익었나 봅니다."

"네? 마차를 처음 몰아 본다고요?"

"떠나기 전에 그분께 배웠습니다."

운정은 진자강이 아예 마차를 빠르게 달려서 달아날 생각이 없다는 걸 깨달았다. 심지어 운정은 대놓고 도관까지 쓰고 있었다. 최소한 벗고 변장은 해야 하지 않느냐는 의문을 제기해도 진자강은 상관없다 말했던 것이다.

"이러면 가다가 잡히는 정도가 아니라 아예 잡아 달라고 애원하는 것과 비슷한……."

"어차피 빨리 달려도 피할 길은 없습니다. 최대한 빠른 마차를 타고 반대 방향으로 달린다 해도 경공을 쓰는 무인들이라면 하루 이틀 내에 따라잡을 겁니다. 그러면 싸워야 할 확률이 십 중에 십입니다."

진자강이 그늘에 마차를 멈추자, 소소가 먹을 것을 내놓고 쉬어 갈 준비를 했다. 일행들도 마차에서 내려 자리를 만들었다.

진자강은 말을 묶어 두고 주위를 돌아다녔다. 겨울이라 쓸 만한 풀들이 없었다.

그나마 여로의 뿌리가 가장 흔했다. 진자강은 여로를 뽑아 흙을 털고 뿌리를 씹었다.

으적으적.

쉴 때면 늘 하는 행동이라 일행들에게는 별다른 감흥도 없었다.

"진짜 식성도 희한하다니까."

편복은 포기하고 진자강에게서 신경을 껐다. 그러곤 전병 한 조각과 술병을 들었다.

"에라, 모르겠다. 내 생전에 도망 다니면서 술 마시기는 처음이다."

편복이 꿀꺽하고 크게 술 한 모금을 마셨다.

진자강이 여로 뿌리를 입에 물고 웃었다.

"잘하시는 겁니다."

단령경도 다른 의미로 웃었다.

"좀 전까지 쫓아오던 이들의 기척이 사라졌네. 더 이상 느껴지지 않는군."

편복이 감탄했다.

"허허. 정말 귀신이 곡할 노릇이구먼."

추적자들이 사라진 건 쫓아온 지 반 시진 만이었다.

진자강이 고개를 끄덕였다.

"더 쫓아 봐야 시간 낭비라고 생각할 테니까요."

운정이 의문을 제기했다.

"아니, 누가 봐도 수상하잖아요. 누가 봐도 수상한데 그냥 간다고요?"

운정은 더 이해할 수 없는 표정을 지었다.

진자강이 설명했다.

"도망 다녀야 할 사람들이 몸을 숨기지도 않고 느릿하게 길을 가고 있다면 어떤 생각이 들겠습니까?"

"그야…… 이상하다는 생각이 들겠지요."

"그렇습니다. 보통은 몸을 숨기는 게 정상이니까요. 하지만 우리는 드러내 놓고 있으니 더 이상하다 생각할 겁니다. 혹시나 미끼가 아닐까. 미끼로 눈을 현혹시켜서 시간을 끌고 진짜는 그 시간에 다른 데로 도망가고 있지 않을까 걱정이 될 겁니다. 실제로 경해에서 헤어진 그분은 우리와 반대 방향으로 가고 있는 중입니다."

"하지만 추적자들이 우리에게 직접 확인할 수도 있잖습니까."

"그래서 사천으로 길을 가고 있는 중입니다. 저들은 우리가 사천으로 가고 있는 한 굳이 우리를 막아서고 확인할 필요를 느끼지 못할 겁니다."

"그렇죠. 사천에 들어서면 보는 눈이 워낙 많으니까요…… 에엑? 뭐라구요? 사천이요?"

운정의 입이 크게 벌어졌다.

"아니, 잠깐만요. 그럼 사천으로 가다가 언제 옆으로 빠질 건데요?"

"빠지지 않고 청성산 인근까지 갈 생각입니다. 사천에 들어서자마자 청성파의 영역으로 들어가 다른 문파들의 감시를 떼어 내려고 합니다."

운정이 망했다는 표정을 지었다.

편복이 운정을 보며 혀를 찼다.

"참 잘나셨네, 잘나셨어. 아무리 관심이 없어도 출발한 지 이틀이나 됐는데 이제 그게 궁금하슈?"

"아니, 저는 그게 아니라…… 그런 얘기가 있으면 말해 주셨어야죠!"

진자강이 뿌리를 씹으며 말했다.

"일전에 얘기를 나눈 바 있는데 잠드셨던 모양입니다."

운정은 울상이 되었다.

"지금 청성산에 갔다가 잡히면 저 난리납니다."

편복이 되물었다.

"그런데 그렇다고 언제까지 우릴 따라다닐 건가?"

"원래는 사천만 지나면 내리려 했는데……."

운정이 우물쭈물했다. 어쩌다 보니 헤어질 기회를 놓쳐서 여태껏 함께 있는 중이었다. 왜 자기도 갈 수 있는데 가지 않았는지 이해가 되지 않았다.

"그러니까…… 아……! 왜 다들 나만 그렇게 못 잡아먹어서 안달이신 겁니까!"

단령경이 웃으며 말했다.

"운정 도사는 이제 돌아갈 때가 되었네."

"하지만, 하지만……."

운정은 걱정스러운 얼굴로 풀이 죽어서 고개를 떨어뜨렸다.

소소가 운정의 어깨를 다독였다.

*　　　*　　　*

추적자들은 두어 번을 더 나타났으나 쫓아오다가 금세 돌아갔다.

한 번은 지척까지 접근했다가 사라졌다. 그래서 내공이 깊은 단령경과 운정은 그들의 말을 엿들을 수 있었다.

"미리 듣긴 했지만 아무리 봐도 정말 수상하군."

"대놓고 저렇게 미끼를 던져 놓다니. 우릴 머저리로 아나."

"어차피 사천으로 가는 길이야. 이대로 경로를 이탈하지 않으면 우린 더 신경 쓸 필요가 없지."

운정은 그들의 말을 듣고 진자강의 생각이 어느 정도 통했음을 알았다.

사천은 호랑이가 입을 벌리고 있는 동굴이다. 제정신이라면 사천으로 다시 돌아간다는 생각을 하진 않을 것이었다.

마차가 느리게 가니 좋은 점도 있었다.

다소 흔들리는 마차에서도 운기조식을 하며 수련을 할 수 있다는 점이다. 운정은 물론이고 단령경도 계속해서 운기조식을 하며 상처를 돌봤다.

더구나 단령경은 시간이 날 때마다 진자강에게 옥허구광오뢰합마공을 전수했다.

마차가 사천을 향하는 십여 일의 기간 동안 진자강은 물먹은 솜처럼 단령경의 가르침을 빨아들였다.

　　　　*　　　　*　　　　*

　사천에 들어서자마자 진자강은 마차를 빠르게 몰아 청성파의 영역으로 진입했다. 사천 삼강 간에 영역이 확실하게 나뉘어져 있는 걸 이용한 것이다.

　청성산의 인근까지 마차는 아무 제지도 없이 무사히 달렸다.

　그러나 진자강과 단령경은 이미 청성파의 영역에 들어서면서부터 날카로운 눈길이 따라붙었음을 느끼고 있었다.

　멀리 청성산이 보이자 운정은 완전히 망했다는 표정이었다.

　"나는 모릅니다. 이제 어찌 되든 그건 내 탓이 아닙니다."

　진자강이 말했다.

　"스승님을 직접 만나러 와 보라고 한 건 운정 도사입니다."

　편복이 거들었다.

　"맞아. 나한테도 오라고 하지 않았소이까? 설마하니 이 노인네한테 거짓말을 한 거요?"

　운정이 사정했다.

　"아닙니다. 그건 아닌데…… 하아…… 그때는 싫다고들 하시더니…… 저기, 차라리 그냥 이대로 나를 기절시켜서 데리고 가 주면 안 되겠습니까? 제가 청성산을 보면서 지나가려니 오금이 저려서 참을 수가 없습니다."

진자강이 말했다.

"솔직히 말하겠습니다. 청성산으로 온 것은 운정 도사를 이용하기 위한 이유도 컸습니다. 청성산을 지날 때까지 운정 도사와 함께 있으면 청성파에서 손을 쓰지 않을 거라 생각했습니다."

"제가 인질인 셈이군요……."

"운정 도사가 당가와 아미파의 사람을 대하는 것을 보았을 때 청성파는 무림총연맹의 가입 문파가 아니므로 다른 문파에 협력하지 않을 것이라 보았습니다."

"맞습니다. 사천 삼강은 그리 사이가 좋은 편은 아니죠."

"그러니 청성파의 영역을 지나는 동안 당가와 아미파, 제갈가의 시선이 완전히 사라지게 될 것이고, 그러면 이후에 우리의 도주가 더 쉬울 것입니다."

운정이 한숨을 쉬었다.

"하지만 그건 우리를 너무 모르고 하시는 말씀입니다. 우리 청성은 단체로 움직이는 일은 드물지만 개개인은 굉장히 집착이 심한 분들이 많이 계십니다. 그리 쉽게 가진 못하실 텐데요."

진자강이 말했다.

"청성파의 영역을 벗어날 때, 제가 뒤에 남겠습니다."

단령경은 이미 예상했던 듯한 모습이었으나 편복과 소소
는 전혀 생각하지 못했던 듯 크게 놀랐다.

"뭣? 자네가?"

"이게 최선입니다."

소소가 진자강의 소매를 붙들었다.

"아어어어!"

"괜찮아. 나는 부상이 없으니까 혼자 있는 게 훨씬 편
해."

편복이 물었다.

"자네, 복수는 포기한 건가?"

"그럴 리가 있겠습니까. 단지……."

복수만큼이나 지금 포기하지 말아야 할 것이 있다는 걸
알아서 그렇다는 말이 목까지 차올랐으나, 진자강은 그 말
을 굳이 밖으로 내뱉진 않았다.

그래도 편복은 이미 진자강의 결심을 느꼈다.

"자네, 변했군…… 처음 만났을 때와 달라."

진자강은 말없이 웃었다.

그런데 그때, 진자강은 저도 모르게 얼굴이 굳고 말았다.

길의 앞에서 한 명의 노도사가 걸어오고 있었다. 말랐지
만 키가 크고 허리를 꼿꼿하게 세운 채였다. 머리는 뒤로
묶어 상투를 틀었고 흰 수염은 어깨에 걸쳤다.

분명히 청성파의 도사임에 틀림없었다.

하나 진자강이 놀란 것은 다른 부분이 아니었다. 노도사가 앞에서부터 걸어오고 있었는데 지척에 다다를 때까지 전혀 눈치채지 못한 때문이었다.

노도사는 일행들을 보더니 갑자기 입에 손가락을 올려 조용히 하라는 태도를 취했다. 그러면서 따라오라고 손짓을 했다. 아무런 적대감도, 별다른 표정도 없는 태도였다.

진자강이 어쩔까 고민하며 옆을 보니 운정의 얼굴은 흙빛이었고, 단령경 역시 찡그린 표정이었다.

노도사가 뒷짐을 지고 앞서 걸어가다가 뒤를 돌아보며 다시 손짓했다.

단령경이 굳은 어조로 말했다.

"따라가지."

지금으로써는 그 방법밖엔 없으리라.

진자강은 천천히 마차를 몰아 노도사의 뒤를 따라갔다.

으적으적.

그간 쉴 때마다 모아 온 풀뿌리를 입에 물고 씹으면서.

노도사는 휘적휘적 산보라도 나온 듯 걷고 있었는데 그 속도가 결코 느리지 않았다. 건장한 성인이 빠르게 걷다가 뛰다가 해야 겨우 따라잡을 수 있는 속도였다.

때문에 진자강도 말을 좀 더 재촉해서 속도를 냈다.

한참 동안 앞서가던 노도사가 도착한 곳은 산 중턱의 작은 암자였다.

그동안 일행은 아무 말도 하지 않았다. 노인은 아무런 기세도 뿌리지 않았으나 묘하게도 숨 막힐 듯한 긴장감을 주고 있었다.

특히나 운정과 단령경의 표정은 아까부터 내내 가장 굳은 채였다.

노도사가 암자의 마당에 멈춰 서 뒤를 돌아보았다. 마차에서 내리라고 손짓을 했다.

진자강이 마차에서 내리자 다들 따라 내렸다.

그때 운정이 쭈뼛거리면서 앞으로 갔다. 어깨가 잔뜩 움츠러든 채였다.

노도사가 운정을 힐끗 보더니 마당에 있는 싸리나무의 나뭇가지를 꺾어 들었다.

그러더니 바로 나뭇가지로 후려쳤다.

"네가 지금 잘했다고 고개를 뻣뻣하게 쳐들고 있는 거냐?"

딱!

운정은 피하지도 않고 머리를 맞았다.

"청성의 제자가 명청하게 인질이 돼서 외부인을 고스란히 청성산에 들여와?"

운정이 아니었다면 일행들은 청성파의 영역 내에 들어오기도 전에 제지당했을 수도 있었다.

"그, 그게 말입니다."

"변명은 필요 없다, 이놈."

딱!

"제, 제 말을 좀……."

"독룡이 허튼짓하지 않도록 지켜보라고 했더니, 독룡과 함께 아미파의 고승을 협공해서 중상을 입혀?"

따악!

"악!"

세 번이나 같은 곳을 때리니 운정도 더는 참지 못하고 소리를 냈다.

"그 때문에 장문이 얼마나 난처해지셨는지 아느냐? 생각이 있는 거냐, 없는 거냐? 당가와 아미파가 혈안이 돼서 찾고 있는 자들을 예까지 모시고 와?"

"그러니까 저는 그게 아니라……."

노도사가 나뭇가지를 휘두르자 운정이 상체를 흔들며 피했다. 운정의 상체가 서넛으로 갈라지며 뿌옇게 흐려졌다. 하지만 노도사는 그중의 하나를 정확히 찍었다.

이번에도 딱! 소리가 나며 운정의 머리에 나뭇가지가 직격했다.

손으로 쉽게 부러뜨릴 수 있는 싸리나무의 나뭇가지에서 저런 소리가 나는 걸 보면 평범한 수법으로 때리고 있는 것은 아님에 분명했다.

소소는 운정이 맞을 때마다 몸을 흠칫거리기까지 했다.

"아으으……!"

운정은 눈물까지 찔끔거리면서 머리를 감싸 쥐었다. 머리에는 눈에 보일 정도로 혹이 튀어나와 있었다. 노도사가 따갑게 훈계했다.

"그래도 아직 정신을 못 차리고 변명을 하려 해?"

"잘못했……."

"시끄럽다, 이놈!"

노도사가 나뭇가지를 휘두르자 운정은 필사적으로 상체를 더 흔들었다. 상체가 대여섯 개로 갈라지며 아까보다 더 빨라졌다. 하지만 나뭇가지도 그에 맞춰 갈라졌다. 오히려 나뭇가지의 개수가 훨씬 더 많아져서 수십 개가 되었다.

따악!

이번에도 여지없이 운정은 머리를 얻어맞았다. 소리만 들어도 얼마나 세게 맞았는지 알 것 같았다. 운정은 비틀거리다가 주저앉을 뻔했다.

운정이 항의했다.

"변명이 아니라 잘못했다고 비는데도 때리시면 저더러

어쩌라구요!"

"그냥 입 다물고 뒤로 빠져 있어라, 모자란 놈."

휘익!

마지막으로 때리는 나뭇가지는 아예 도망가서 피한 운정이었다.

"그만 때리시라구요, 스승님!"

운정은 자기도 모르는 새에 진자강의 뒤로 숨어 있었다. 때문에 노도사는 심기가 더 불편해져서 눈매가 가늘어졌다.

하지만 노도사는 진자강에게 시선도 주지 않았다.

"빈도가……."

노도사가 잠깐 고개를 숙여서 아래를 보며 나뭇가지로 발바닥을 툭툭 쳐서 흙을 털었다.

"말했을 거외다. 다시는 마주치지 말자고."

이어 노도사는 꼿꼿한 허리를 더 꼿꼿이 세우고 고개를 오만하게 들며 단령경을 쳐다보았다.

"마주치면 가만두지 않겠다고."

단령경이 특유의 고혹적인 미소를 지으면서 대꾸했다.

"오랜만이오, 복천 도장. 사형인 무암 존사께서는 잘 계시오?"

"그 이름……."

노도사, 복천 도장이 흐트러진 수염을 다시 목 뒤로 넘기더니 나뭇가지를 힘껏 위로 치켜들었다.

부욱!

갑작스레 공기가 무거워지며 복천 도장의 도복이 팽팽하게 부풀었다!

드드드득.

발밑에서부터 회오리가 피어올라 흙먼지가 딸려 올라갔다.

엄청난 내공을 끌어모은 것이다.

아무런 기세가 없던 아까와는 달랐다. 마음껏 살기와 분노를 내뿜고 있어서 거친 감정의 격류가 느껴졌다. 복천 도장의 내공도 그에 따라 거칠게 날뛰었다.

편복과 운정은 복천 도장이 일으킨 내공에 자신들의 내공이 공명해서 날뛰자, 크게 안색이 변해 뒷걸음질을 쳤다. 편복은 얼굴이 하얗게 질린 소소를 감싸며 물러섰다.

단령경은 물러서지 않았다. 하나 아직 내상이 다 낫지 않아 안색이 금세 파리해졌다.

진자강 역시 기분이 이상하기는 마찬가지였다. 내공을 일으키지도 않았는데 몸이 뜨거워지고 머리카락이 쭈뼛 서면서 시야가 자꾸만 좁아졌다.

이런 느낌…….

자신과 비교도 안 되는 실력을 가진 고수를 만났을 때의 그 느낌!

자신의 생사가 종잇장처럼 얇은 상태로 거센 바람에 금방이라도 찢어질 듯 펄럭이는 느낌!

그 순간 복천 도장이 악에 받친 목소리로 소리치며 나뭇가지를 휘둘렀다.

"내가 다신 입에 담지도 말라고 했지!"

콰가가가각!

땅이 갈렸다.

마당의 반을 지나.

복천 도장이 서 있는 곳에서부터 건너편의 봉우리 아래까지.

수십 장에 달하는 거리, 지각의 거죽에 절단(切斷)이 일어나고 그 안의 것들은 잠시 동안 단절(斷絕)을 경험했다.

땅속에서 이어져 있던 초목의 뿌리와, 시냇물마저도.

끼이이익.

커다란 소나무가 수직으로 잘려 양옆으로 넘어갔다. 갑작스러운 횡액에 일순간 숨죽였던 산새들이 놀라서 날아갔다.

푸드득, 푸드드득.

금세 모든 것이 고요해졌다.

복천 도장의 엄청난 무공에 대자연마저도 기가 죽은 듯했다.

복천 도장이 손에 든 나뭇가지는 터져 버려서 중간부터 불진처럼 타래가 되어 있었다.

복천 도장이 벌게진 얼굴로 입술을 이죽거렸다.

"빈도의 제자를 인질로 삼아 두더지처럼 여기까지 와서 숨으려는 시도는 매우 좋았소. 멍청한 제자를 둔 죄로 빈도도 오늘은 참으리다."

단령경은 말없이 복천 도장의 말을 들었다.

"이곳은 빈도가 젊은 시절 도를 깨치던 암자. 몸 상태를 회복할 때까지는 이곳에서 머물러도 좋소. 뭘 하든 상관 않겠소. 단, 이 선을 넘어오지는 마시오."

단령경은 선 너머를 바라보았다. 이들은 이미 산문 안, 청성파의 영역 깊숙이 들어와 있었기 때문에 선 너머에 바로 청성파의 본산이 있었다. 청성파의 전각들이 보인다.

하나 암자의 마당에서부터 산 아래의 길. 청성파의 본산까지 이어지는 길들을 한 줄기 선이 가로지르고 있다.

무슨 짓을 하든 여기에서만 머무르고 청성파의 본산 근처로는 오지 말라는 뜻이다.

단령경은 한참이나 복천 도장을 바라보다가 고개를 끄덕였다.

"그러도록 하리다."

하지만 복천 도장은 화가 가라앉지 않았는지 나뭇가지를 마당 한편에 던져 버렸다.

"명심하시오. 다음번엔 절대로 내 눈에……."

그러던 중 운정이 슬금슬금 복천 도장의 뒤로 가려 했다. 그러자 복천 도장이 말을 하다 말고 소리를 질렀다.

"네놈도 거기 있어! 이자들이 다 떠날 때까지 본산에 발 들일 생각은 꿈에도 꾸지 마라! 네 녀석도 그 선을 넘어오면 가만두지 않을 줄 알아!"

"스, 스승님……."

운정이 울상이 되어 스승을 부르자 복천 도장은 다시 눈에 쌍심지를 켰다.

"이런 모자란 놈이…… 누가 네 스승이야! 어디 데려올 사람이 없어서……."

복천 도장이 옆으로 손을 뻗어 힘을 주었다.

싸리나무의 가지가 뚝 부러지더니 나뭇가지 하나가 복천 도장의 손에 빨려 들 듯 날아갔다.

복천 도장은 운정을 또다시 때리려는 듯 나뭇가지를 크게 치켜들었다.

그런데.

진자강이 그 앞을 막아섰다.

진자강은 당당하게 복천 도장을 가로막고 서서 눈으로만 복천 도장을 올려다보았다.

복천 도장의 얼굴에 의아함과 분노가 동시가 치밀었다.

진자강이 말했다.

"그쪽도 선을 넘어오지 마십시오."

편복과 소소, 운정이 아연실색했다.

"……!"

복천 도장의 눈에 일순간 살기가 스쳐 갔다.

"그쪽이라고?"

진자강은 복천 도장의 살기에 압도되지 않고 담담하게 복천 도장을 쳐다보았다.

복천 도장의 입가에 살기 어린 미소가 떠올랐다.

"네가 독룡이냐?"

"그렇습니다."

"남의 집에 함부로 쳐들어와서 감히 제 땅인 양 소유권을 주장하고 있는 것이냐?"

"방금 말씀하시지 않았습니까. 뭘 하든 상관 않겠다고."

복천 도장의 살기가 짙어졌다. 목소리도 음산하게 가라앉았다.

"까불다가 '선'을 넘으면 죽을 수도 있다."

진자강의 팔에도 소름이 돋았다. 하나 진자강은 물러서지 않았다.

"그럼 처음부터 그런 말을 하지 말으셨어야지요."

"잠시 머물러도 된다는 허락을 했을 뿐, 건방지게 굴어도 된다는 허락은 하지 않았다."

"건방지게 구는 데에 허락이 필요합니까?"

"이놈이……."

운정이 떨리는 목소리로 진자강을 말렸다.

"도, 독룡 도우…… 스, 스승님께 무례하지 마시고 사과하십시오."

하나 화를 낸 건 복천 도장이었다.

"네놈은 청성의 제자가 되어서 어디 독룡 따위에게 사과를 구걸하고 있느냐!"

복천 도장이 한 걸음을 나오려 하자 진자강이 옆으로 이동해 막았다.

"네 이놈……."

복천 도장은 너무 화가 나서 이까지 떨었다.

단령경도 말렸다.

"손님된 입장으로 주인의 집에서 소란을 피우는 것은 예의가 아닐세. 이만큼 사정을 보아 준 것도 감사할 노릇이니 소협도 그만하게."

하지만 진자강은 복천 도장을 똑바로 보면서 고개도 돌리지 않고 대답했다.

"제가 이곳으로 온 건 살기 위해서지 죽으러 온 게 아닙니다."

복천 도장이 이를 갈았다.

"내가 죽으라 했느냐?"

"이대로 선을 긋고 가 버리면 죽으라고 내치는 것과 다름이 없지요."

그 순간 복천 도장의 눈에 이채가 흘렀다. 한동안 진자강을 노려보던 복천 도장의 살기가 조금 누그러졌다.

"그래. 그렇구나. 네놈 말이 옳다."

편복이나 단령경은 그제야 진자강이 나선 이유를 깨달았다.

"아!"

복천 도장은 선을 그었다.

비록 청성파의 산문 안쪽이긴 하나 선 밖에서 일어나는 일에는 청성파가 관여하지 않는다고 선언했다.

그것이 비단 진자강과 단령경들에게만 해당되는 얘기는 아닐 것이다.

복천 도장은 처음부터 외부인으로 이들을 단정 지었다.

그렇다는 건 다른 외부인들이 선 밖에서 무얼 하든 방관하
겠다는 뜻도 된다.

그 외부인에는 당가나 아미파, 제갈까지 포함될 수 있었
다.

복천 도장의 막대한 무력에 잠시 정신이 팔려 진자강을
제외하곤 모두가 그 사실을 깨닫지 못했던 것이다.

그러니 진자강이 복천 도장에게 선을 넘어오지 말라고
한 말은, 땅 거죽에 그어진 선을 말하는 게 아니었다.

몇 마디 말을 빌미로 이들을 사지로 내몰아 놓고 방관하
지 말라는 뜻이다. 청성파가 선 밖에서 일어나는 일에 상관
하지 않을 테니 이들을 잡아가라고 사방팔방 떠들지 말라
고 경고한 것이다.

만일 진자강들이 외부의 위협을 피해 선 안으로 들어가
면 그땐 애초에 경고했던 대로 청성파에서 손을 쓸 테고 말
이다.

복천 도장은 감정을 숨기지 않고 감탄했다.

"똘똘하군. 독룡이라고 불릴 만해. 이제야 왜 사람들이
독룡독룡 하는지 알겠어."

복천 도장이 자신의 제자인 운정을 쳐다보았다.

아직까지도 진자강과 복천 도장이 대립하는 이유를 모르
는 운정은 눈치를 보며 고개를 갸웃거리고 있었다.

복천 도장은 속이 터지는지 '에잉!' 하고 고개를 돌려 버렸다.

"좋다."

복천 도장의 허락이 떨어졌다.

"청성의 품 안에 있는 동안은 아무도 너희들을 해치지 못하게 해 주겠다!"

그제야 진자강이 수긍했다.

"감사히 받아들이겠습니다."

"하나!"

복천 도장의 살기는 아직 거두어지지 않았다. 복천 도장이 더 짙은 살기를 띠고 웃었다.

"나를 막아설 만한 자격이 있었는지는 확인해 봐야겠구나."

진자강은 이미 짐작하고 있었던 듯 마다하지 않았다.

"조건을 많이 거시는 분이군요."

"성질도 급하다."

복천 도장이 나뭇가지를 가볍게 들어 휘저었다.

"너 한 번, 나 한 번. 총 삼 합 동안 손을 섞는다. 그때까지 네가 지금 자리에서 한 걸음도 떼지 않으면 용서해 주마."

"용서를 구할 생각은 없습니다만 받아들이지 않을 수 없겠군요."

"그렇지. 거부하면 바로 쫓아낼 테니까."

"실패하면?"

"괜찮아. 그냥 네놈이 맞는 것으로 끝날 게야. 나는 핏덩이와 진심으로 겨룰 만큼 매정한 말코는 아니니라."

"성공하면? 아니, 정확히 말하겠습니다. 제가 도사님을 밀어내면 어떻게 됩니까?"

"그런 일은 절대 없을 것이다."

"온갖 패악을 부리며 제 앞을 막았던 이들도 처음엔 다들 그렇게 말했습니다."

"그래서, 그 뒤에는 다들 네게 패해 밑바닥을 구르며 너를 올려다보았다?"

복천 도장은 낄낄대며 웃기까지 했다.

"어디서 같잖은 한량들이나 하는 협박을 배워 와서는……? 아주 버릇이 잘못 든 놈이로고."

"제 한 가지 청을 들어주십시오."

"낄낄낄."

"물론 패할 거라고 생각하면 그만두셔도 좋습니다."

"낄낄."

운정은 그게 복천 도장이 매우 기분이 나빴을 때에 나오는 웃음이라는 걸 알아서 두려움에 떨었다.

"스, 스승님. 제발……."

"너는 닥치라고 했지! 이놈이나 저놈이나!"

복천 도장이 진자강의 뒤쪽에 있는 운정을 향해 고함을 지르며 나뭇가지로 가리켰다. 그런데 순간 진자강이 복천 도장의 명치를 향해 주먹을 내질렀다. 복천 도장은 손안에서 나뭇가지를 빙글 돌려 진자강의 손목을 걷어 냈다.

진자강은 무리하지 않고 손을 거둬들였다.

"일 합."

"……!"

진자강은 삼 합 중에 벌써 일 합이 지나갔다고 선언해 버린 것이다!

그 뻔뻔함에 다들 놀라지 않을 수가 없었다.

아니, 무엇보다도 복천 도장은 진자강에 비해 몇십 년이나 더 연장자인 선배다. 그런 선배가 첫 수도 양보하지 않고 선공을 한 것으로 치부해 버리면 복천 도장의 위신이 크게 떨어진다.

편복은 소소를 데리고 더 뒤로 물러섰다.

"어어, 음. 아무래도 이건 좀 위험한데……."

이런 식으로 자꾸 복천 도장을 화나게 하면 분위기가 얼마나 더 안 좋게 흐를지 몰랐다.

운정도 놀라서 딸꾹질을 했다.

"딸꾹."

하나 단령경은 아무 말도 하지 않았다. 진자강이 저런 태도를 보이는 데에는 물론 이유가 있을 것이다.

복천 도장이 어이가 없어 진자강에게 물었다.

"장난하는 게냐?"

"저는 아까부터 진심입니다."

"감히 내 앞에서 잔머리를 굴려? 몇 대 맞고 끝낼 일을 키워서 군이 화를 자초하는구나?"

"잔머리? 복천 도장께선 상대를 눈앞에 두고도 딴짓을 하는 게 옳은 일이라 생각하십니까?"

복천 도장은 얼굴이 점점 더 일그러졌다. 그러나 아직도 웃음기는 남아 있었다. 비틀린 얼굴로 웃으니 훨씬 더 괴악해 보였다.

"진심이라면 이쪽도 진지하게 상대해 주마. 손을 써라."

"군이 양보하실 필요는 없습니다."

"아, 그럴까? 이건 청성의 아주 평범한 칠십이파검(七十二波劍)이라는 것인데 그중 초반 십육검만 맛보여 주마."

복천 도장이 나뭇가지를 휘두르기 시작했다. 진자강은 눈을 크게 치켜뜨고 나뭇가지의 움직임을 주시했다. 부드럽게 호선을 그리며 날아오던 나뭇가지가 갑자기 뚝 떨어졌다.

빡!

진자강은 제대로 반응하지도 못하고 어깨를 맞았다. 고개를 돌려서 확인하려는 순간 한 번 더 같은 자리를 맞았다. 고통으로 얼굴을 찡그리자마자 나뭇가지가 이동해서 진자강의 허벅지를 쳤다.

빡!

허벅지가 둔탁한 몽둥이로 맞은 것처럼 마비가 됐다. 다리가 뻣뻣해져서 자기도 모르게 휘청거리며 물러설 뻔했다. 그러나 복천 도장의 검초는 쉬지 않았다.

바로 나뭇가지가 올라와서 허리를 쳤다. 진자강은 숨이 턱 막혔다. 손으로 나뭇가지를 막으려 왼팔을 뻗었더니, 검지의 두 번째 관절을 정확히 때렸다.

손가락이 부러져 나가는 통증을 느끼는 순간 이미 진자강은 손목 관절에서 작열감을 느꼈다. 손목이 떨어져 나가는 듯한 고통이 바로 찾아왔다.

이대로 맞고만 있으면 이 합이 지나 버린다.

진자강은 이를 악물었다. 왼손으로 나뭇가지의 진로를 방해하면서 오른손을 뻗었다.

하지만 복천 도장은 진자강의 왼쪽 무릎 슬개골을 때림으로써 진자강의 몸이 왼쪽으로 기울게 만들었다. 발목의 복사뼈를 때림으로써 진자강의 발에 힘이 빠져 왼쪽으로 완전히 무너지게 했다.

거기에서 그치지 않고 나뭇가지를 빙글 돌려 주저앉고 있는 진자강의 오른쪽 턱을 때렸다. 진자강이 억지로 오른손을 뻗어 복천 도장의 명치를 손끝으로 찔러 갔다.

비어 있는 오른쪽 옆구리의 갈빗대에서 청명한 타격음이 울렸다.

딱!

갈비뼈가 부러지진 않았으되 금이 갈 것 같은 정도의 타격이었다. 명치를 막 찌르던 진자강의 오른손이 저절로 멈추고 팔이 오그라들었다.

빠바박! 빡!

눈썹 바로 위. 귀 뒤쪽. 쇄골의 끝. 팔꿈치의 팔뚝 뼈와 상완 뼈가 붙어 있는 인대. 중지를 타고 내려오는 손등의 정중앙. 허리 바로 아래의 튀어나온 장골.

그야말로 순식간에 진자강을 무력화시킬 수 있는 곳을 모두 골라서 때린 것이다.

휘청!

진자강은 팔다리가 만(卍) 자처럼 꺾여서 넘어질 뻔했다. 복천 도장이 장골을 타격한 마지막 순간에야 진자강은 나뭇가지를 겨우 잡는 데에 성공했을 뿐이었다.

하나 더 놀라운 건 저것이 아주 잠깐 동안 벌어진 일이었다는 점이었다. 눈 깜짝할 사이에 퍼버벅 하면서 진자강이 일방적으로 얻어맞기만 했다는 뜻이다.

반격이라고 할 만한 건 한 번도 하지 못하고 복천 도장이 무기로 쓰던 나뭇가지만 겨우 잡아 냈을 뿐이었다.

진자강은 나뭇가지를 잡고 넘어지지 않도록 버텼다. 만일 복천 도장이 그대로 손을 놔 버렸다면 진자강은 그대로 넘어가 버렸을 터였다.

하지만 복천 도장은 일말의 자비심이 들었는지 잡고 기다려 주었다.

그래도 진자강이 몸을 원래대로 되돌리는 것은 매우 힘든 일이었다.

복천 도장은 일부러 진자강의 관절과 뼈만 골라 때렸다. 보통 사람이 때려도 아플 만한 곳인데 무공을 익힌 고수가 힘주어 때린 것이니 통증이 어마어마할 터였다.

게다가 관절과 뼈를 저 정도로 맞으면 누구라도 서 있기가 힘들 수밖에 없었다. 진자강이 아직까지 서 있는 것만도 용한 것이다.

으드드득, 으득!

진자강은 온 힘을 다해 이를 악물고 버텼다. 팔다리가 미친 듯이 떨렸다. 나뭇가지를 잡고 끝까지 힘을 짜냈다.

부르르르르.

몸에 제대로 힘이 들어가지 않을 것인데도 진자강은 넘

어지기 직전, 팔다리가 무너지고 있는 상태로 몸을 떨면서 버텼다.

편복과 소소, 운정은 끔찍하다는 듯이 몸을 움츠리고 이를 쳐다보았다.

복천 도장이 내뱉듯이 말했다.

"최초의 십육검. 이걸 한 호흡에 해내면 그제야 청성에서 인간 취급을 받지. 칠십이파검은 한 호흡에 칠십이 번의 검초가 들어가는 것이다. 물론 빈도는 이십 년 전에 이미 칠십이파검을 대성했느니라."

만약 진자강이 버티면 다음번에는 방금 같은 공격을 칠십이 번이나 받아 내어야 한다는 뜻이다!

보는 이들이 안쓰러워서 그만두라 하고 싶은 심정이었다.

하나 진자강은 결국 버텼다. 옆으로 무너지던 균형을 잡아서 몸을 일으키곤 앞으로 몸을 숙여 허벅지를 손으로 짚고 버텼다.

"헉! 헉, 헉……!"

그사이에 진자강은 전신이 땀으로 흥건해졌다. 맞았던 부분은 이제야 슬슬 멍이 올라와서 곳곳에 검푸른 멍이 들었다.

운정이 소리쳤다.

"독룡 도우! 이제 그만하십시오. 그만둬도 누가 뭐랄 사람 아무도 없습니다!"

복천 도장이 운정을 노려보면서 진자강에게 말했다.

"자, 이 합이 지났다. 어쩔 테냐. 삼 합째에는 앞서 말한 대로 칠십이파검을 온전히 펼칠 것이다."

진자강은 땀에 젖은 머리카락을 뻣뻣해진 손으로 훔치면서 대답했다.

"당연히 약속된 삼 합은…… 후욱, 해야 하지 않겠습니까?"

"근성만큼은 인정해 주마. 하나, 같은 자리를 한 번 더 맞게 된다면 너는 필시 평생 팔다리를 쓰지 못하게 될 것이다. 뿐만 아니라……."

운정이 뒤에서 소리쳤다.

"칠십이파검은 살초(殺招)를 숨긴 살검입니다! 독룡 도우, 제발 여기서 그만두십시오. 살초 한 번을 막지 못하면 독룡 도우는 반드시 죽습니다!"

하지만 진자강은 운정의 만류를 비웃듯이 되물었다.

"그래서요?"

"네?"

"저는 실력이 모자라기에 늘 상대에게서 살아날 수 있다는 생각을 한 적이 없습니다. 그런데 살검이든 아니든 무슨 상관입니까."

"그, 그건……."

운정이 말을 더듬자 복천 도장이 운정의 말을 잘랐다.

"이놈의 말이 맞다. 멍청한 제자 놈아, 잘 배워 둬라. 이게 강호에서 질리도록 굴러먹은 놈의 눈빛이니라. 어린놈이 어지간히도 수라장을 헤쳐 나왔는지 아주 눈에 독기가 가득하구나."

"아……."

운정은 더 이상 말을 못하고 입을 다물었다. 진자강이 얼마나 진지하게 싸움에 임하고 있는지, 아니 진지한 정도가 아니라 정말로 목숨을 걸고 싸우고 있다는 걸 깨달은 것이다.

"삼 합째, 가시죠."

진자강의 말에 복천 도장이 잠시 기다리라는 투로 눈빛을 보내며 물었다.

"그 전에 묻자. 너는 내게 한 가지 청이 있다고 했는데 그게 무엇이냐?"

진자강이 대답을 않자 복천 도장이 재차 요구했다.

"너는 방금도 십육검의 일 초조차 막아 내지 못하였다. 내가 칠십이파검을 시전하고 나면 너는 일다경을 버티지 못하고 죽을 것이다. 네가 죽으면 내가 영원히 네 청이 무엇인지 들을 수 없게 되지 않겠느냐."

진자강은 대수롭지 않게 대답했다.

"제가 이기면 들을 수 있습니다."

"그럴 리가 없으니 묻는 게다. 너는 오늘 나를 처음 만났는데 어째서 목숨을 걸면서까지 청을 들어 달라 하느냐. 혹시나 내게 스스로 자결을 하라든가, 대신 복수를 해 달라거나 하는 종류의 것이냐?"

갑자기 진자강이 비웃는 표정을 지었다.

"두렵습니까? 패한 후에 무슨 청을 할지 몰라 걱정된다면 처음부터 받아들이지 않으셨어야지요."

아까와 같은 투였다. 그럴 거면 처음부터 하지 말라고 자꾸만 자극하니 복천 도장도 울컥했다.

"구제불능이군."

"삼 합째입니다. 손을 쓰시지요."

복천 도장은 더 화가 나서 얼굴이 벌게졌다. 일 초 상대도 안 되는 애송이에게 두 번이나 먼저 선공을 했다. 그런데 마지막까지 선공을 하라고 하면, 당연히 복천 도장은 이겨도 남들에게 좋은 소리를 듣기 어려울 터였다.

아무리 남의 시선을 신경 쓰지 않고 제멋대로인 청성파의 도사들일지라도 강호에서는 지켜야 할 도리가 있는 법이다.

"건방진 놈!"

복천 도장은 호통을 쳤다. 한데 손을 쓰진 않고 돌연 뒷짐을 졌다.

"네가 자꾸 내 자존심을 긁는 걸 보니 꿍꿍이가 있나 본데, 어디 한번 마음껏 해 보려무나! 독이든 뭐든 죽기 전에 후환이 없게 다 해 보고 죽어라! 어서 손을 써라!"

복천 도장은 바보가 아니다.

진자강이 원하는 걸 알았다. 그런데도 회피하는 것은 더이상 자존심이 허락하지 않는 것이다!

이것이야말로 알면서도 걸려들 수밖에 없는, 진자강이 던진 함정이었다.

그제야 진자강이 씨익 이를 드러내며 웃었다.

진자강이 말했다.

"말로는 다 해 보라면서 뒤에 칼을 숨기고 계시군요."

복천 도장은 진자강이 한 말의 의미를 알아듣고 손에 들고 있던 나뭇가지마저 내팽개쳤다.

"손에 들린 것이 없다고 청성의 검법이 우스워지겠느냐?"

그것이야말로 진자강이 가장 원하던 상황이었다.

애초에 진자강에게 복천 도장과의 싸움은 승산이 없었다.

운정의 음공도 제대로 파훼해 내지 못했는데 어떻게 운

정의 스승인 복천 도장을 이길 수 있겠는가?

그러나 진자강은 복천 도장에게 꼭 요구해야 할 일이 있었다.

옥허구광 오뢰합마공의 남은 진전을 얻기 위해서는 청성파의 장문인 무암 존사를 만나야 했다. 지금 눈앞에 선이 그어졌다고 포기해 버리면 언제 다음 기회가 찾아올지 알 수 없다.

하여 진자강은 이길 수 있는 유일한 방법을 찾아 승부수를 던졌다.

청성파에서 둘째가라면 서러울 만한 고수 복천 도장이 풋내기인 진자강의 도전을 피할 리가 없지 않은가.

심지어 나뭇가지마저 팽개치게 만들었으니!

"어디 마음껏 해 봐라!"

"이미……."

진자강이 몸을 살짝 낮추고 내공을 일으켰다.

"시작했습니다."

"오냐. 받아 주마!"

복천 도장은 눈을 크게 뜨고 진자강이 하는 양을 지켜보았다.

상대도 안 되는 어린 핏덩이.

그가 던진 도전장을 받은 복천 도장이었다.

그러나 진자강은 복천 도장의 생각보다 빠르게 공격을 시작하지 않았다. 선공은 진자강에게 있고, 진자강이 손을 쓰기 전까지 복천 도장은 절대로 먼저 손을 쓰지 않을 터였다.

그렇다면, 진자강은 충분히 시간을 갖고 자신이 가진 최대의 기력을 끌어낼 수 있는 것이다!

"으…… 으아아아아아!"

진자강은 광혈천공으로 내공을 순환시켰다. 이것은 반강제로 진자강에게 심어진 것이기에 아직은 벗어날 수 없는 굴레였다.

핏, 피핏.

진자강의 기혈에서 독기를 품은 내공이 폭주하면서 실핏줄이 터지기 시작했다.

투툭.

오른쪽 눈에도 점차 핏빛이 차올랐다.

복천 도장은 진자강의 수법을 한눈에 알아보았다.

광혈천공은 본래가 자신의 무력보다 몇 배나 강한 고수를 상대하기 위한 살수의 수법.

그 위력이 낮지 않음은 알고 있다.

하나 이 정도로는 자신에게 맞서지 못한다는 걸 순식간에 파악했다.

"끌끌끌. 미련한 짓을 하는구나. 그런 짓을 해 봐야 스스로 파멸할 뿐이지."

복천 도장은 여유롭게 혀까지 찼다. 지금이라면 진자강을 손가락 하나로도 죽일 수 있다. 하나 선공을 양보했으니 기다려야 한다.

"살려 줄까 했더니, 어차피 내버려 두면 죽을 놈이었구나. 그 고통 내가 줄여 주마."

슬슬 광혈천공이 극대로 충천(衝天)하여 진자강의 육체가 한계에 달하고 있음이 보였다.

게다가 그나마도 우반신뿐인지라 몸의 균형이 얼마나 무너져 있는지까지 알 수 있었다.

투툭, 투투툭.

기혈이 계속 망가지고 터지며 실 끊어지는 소리와 같은 파열음이 났다. 실피가 계속 흘러서 진자강의 얼굴과 몸의 우반신은 그사이 그물처럼 징그럽게 흘러내리는 핏줄기로 뒤덮였다.

덜덜덜, 진자강의 몸이 떨렸다.

"음?"

복천 도장의 눈이 찡그려졌다.

눈으로 보기에도 이미 한계가 지났다. 진자강의 오른쪽 눈은 새빨갛게 되어 피눈물을, 아니 피를 눈물처럼 흘리고 있을 정도다!

'그런데 버텨?'

계속하다가는 진자강의 눈알이 터져 나갈 것 같다는 생각이 들었을 즈음.

갑자기 이를 악문 진자강의 고통스러운 표정이 희미해졌다.

순간 진자강의 분위기가 바뀌었다.

과격하고 극렬하게 폭주하는 내공 때문에 온몸을 사시나무 떨듯 떨던 몸이 가라앉았다. 몸이 차분해지면서 불규칙하던 떨림이 맥의 박동처럼 일정하게 울리기 시작했다.

'몸을 찢어 버릴 것처럼 날뛰는 내공을 극한의 상황에서 억눌러 다스렸다?'

피눈물을 흘리던 오른쪽 혈안(血眼)에 차차 맑은 기운이 어렸다.

혈안과 어울리지 않는 그윽한 현기(玄氣).

진자강의 얼굴이 평온을 찾아갈수록 반대로 복천 도장의 얼굴은 점점 일그러졌다.

"이이……."

절대적이진 않지만 내공을 사용함에 있어 안광은 많은 것을 드러낸다.

일례로 맑은 정광은 내공의 순수한 정도를 알려 주며, 깊고 그윽하게 비치는 현기는 도문의 내공심법이 주로 보이는 특성이다.

진자강의 내공이 안정되며 갑자기 혈안에서 현기가 비친다는 것, 그리고 그의 뒤에 여의선랑 단령경이 있다는 것.

그 두 가지가 의미하는 바는 명확하지 않은가?

합마공!

진자강은 복천 도장이 그러했던 것처럼 오른발 밑에서 소용돌이를 만들어 냈다. 그런데 소용돌이의 방향이 다소 의아하다. 일정한 흐름으로 타고 오르는 게 아니라 중간중간 방향이 생뚱맞게 달라지고 있다.

발밑의 소용돌이가 일으키는 흐름과 발목에서 무릎까지 옷 주름이 말려드는 소용돌이의 방향이 서로 다르고, 허리춤의 옷자락이 날리는 방향이 또 다르다.

일반적인 자연상에서는 절대로 일어날 수 없는 일이다.

심지어 기혈이 파열되며 흘러나온 작은 핏줄기들이 소용돌이에 휘말려 사방으로 정신없이 튀었다. 작은 핏빛 안개가 생길 정도로 계속해서 작은 핏방울이 날리고 있었다.

선 하나를 두고 가까이에 서 있는 복천 도장의 옷에도 상당한 피가 튀었다.

하나 피가 문제가 아니었다.

복천 도장의 얼굴은 극심하게 일그러졌다. 너무 분노하여 눈썹이 치솟았으며 수염 끝이 떨렸다. 머리카락이 삐죽 솟았다.

진자강의 내공 운용법이 의미하는 바를 아는 탓이다.

오뢰합마공의 와류충제!

오뢰합마공의 유래를 알고 있는 복천 도장으로서는 진자강이 오뢰합마공을 사용하고 있다는 걸 도저히 용서할 수가 없었다.

복천 도장은 빠득 소리가 나도록 이를 갈았다.

"이런…… 개 같은!"

도사로서 상상하기 어려운 분노가 치밀자, 복천 도장은 욕설을 내뱉으며 자기도 모르게 단령경에게 시선을 돌려 노려보았다.

복천 도장의 몸에서 살기가 줄기줄기 뻗어 나왔다.

그 순간, 그때까지 계속해서 몸 안에 수레바퀴를 돌리고 있던 진자강이 우권을 뻗었다.

훅.

방심했다고는 할 수 없으나 말을 하던 중에 급습을 당했는지라 복천 도장은 호흡이 다소 엉켰다.

물론 복천 도장은 그 정도는 수습할 수 있는 충분한 능력이 있는 상승의 고수다. 빠르게 숨을 들이쉬며 반 모금의 숨을 머금고, 즉시 호흡을 멈추어 지식법(止息法)으로 단숨에 내공을 끌어 올렸다.

복천 도장은 왼손 손바닥을 내밀어 진자강의 주먹을 감

싸듯 막으려 했다.

그러나 손바닥이 주먹에 닿기 직전 약지와 소지를 접었
다. 엄지와 검지, 중지만으로 진자강의 주먹을 막았다. 진
자강의 주먹 사이에서 침이 삐죽 솟아나는 걸 본 탓이다.

진자강이 강하게 밀어 친 우권이 복천 도장의 세 손가락
과 부딪쳤다.

뚜둑!

관절이 뒤틀리고 뼈가 어긋나는 소리가 들렸다. 하나 그
것은 복천 도장의 울퉁불퉁한 손가락이 아니라 진자강의
주먹에서 난 소리였다. 복천 도장의 손가락에 걸린 진자강
의 주먹에서 소지와 중지 쪽의 손가락 뼈가 탈골되어 눌린
것이다.

침은 아슬아슬하게 복천 도장의 손바닥에 닿지 않았다.

진자강은 고통을 내색하지 않고 손을 펼쳤다. 중지와 소
지가 안으로 눌린 채 움직이지 않았다. 그러나 나머지 손가
락을 교묘히 놀려 침의 방향을 돌렸다.

엄지와 검지로 침을 잡고 복천 도장의 손가락을 찔렀다.
복천 도장은 검지를 말았다가 튕겨서 침의 옆면을 때렸다.

땅!

침은 오히려 진자강에게 튕겨져 날아가 진자강의 목에
박혔다. 진자강은 눈썹을 찌푸리곤 검지와 약지로 복천 도

장의 손목을 잡아 갔다. 손가락을 살갗에 박아 넣는 포룡박의 수법이었다.

복천 도장이 손가락을 모아 손날로 진자강의 손가락을 둥글게 밀어젖혔다. 진자강의 손이 복천 도장을 잡지 못하고 허공만 한 바퀴 휘저었다. 화경(化勁)에 기초한 기본적인 금나수의 수법이었다. 하나 기본기를 배우지 못한 진자강으로서는 당할 때마다 늘 당황스러운 수법일 수밖에 없었다.

진자강은 손을 빼내 눌린 중지와 소지를 입에 물고 당겼다.

우드득, 관절을 뺐다가 다시 손가락을 끼워 넣은 것이다. 어찌나 세게 물었는지 손가락에 이빨이 박혀 가뜩이나 피가 튀고 있던 중인데 피가 철철 흘렀다.

그러곤 소매에서 침을 꺼내 손에 쥐고 연속으로 복천 도장의 몸을 찔렀다. 복천 도장도 발을 땅에 붙이고 있으므로 피할 수가 없다. 복천 도장은 왼손을 뻗어 일일이 진자강의 손을 밀어 쳐 막아 냈다.

진자강이 아까부터 한 손으로만 공격하고 있으니 복천 도장 역시 한 손으로만 방어를 하고 있다.

벌써 눈 깜짝할 사이에 열 번가량의 공방이 있었다.

놀랍게도 진자강은 아직까지 호흡을 멈춘 채다. 한 호흡에 열여섯 번의 검을 펼치면 청성파의 제자로 인정받는다는데, 진자강도 거의 그에 근접한 것이다!

하지만 숨이 거의 경각에 달한 것은 확실했다. 진자강의 얼굴색이 변하고 동작이 눈에 띄게 느려졌다. 그럼에도 여전히 몸에서 뿜어져 나오는 작은 핏방울들이 허공을 떠다니고 있었다. 내공을 일거에 퍼붓지 않고 아직까지 운용을 멈추지 않고 있다는 뜻이다.

복천 도장은 진자강의 의도가 의심스러웠지만 더 두고 볼 필요는 없었다. 이대로 삼 합째를 끝내기 전에 복천 도장도 손을 써야 하는 것이다.

복천 도장은 벼락처럼 왼손을 떨쳐서 진자강의 가슴을 장으로 쳤다. 진자강이 오른팔을 들어 가슴을 막았다. 복천 도장은 무시하고 그대로 팔뚝을 쳐 버렸다.

퍼억!

진자강이 눈을 크게 뜨며 몸을 휘청거렸다.

"커억!"

단 일격에 진자강의 호흡이 풀렸다. 진자강은 피를 뿜었다. 오른팔은 마비된 듯 몸에 붙어 움직이지 않았다.

복천 도장은 연거푸 진자강의 몸을 후려쳤다. 어깨를 때리고 팔꿈치와 상박을 때렸다.

손바닥을 마치 검법처럼 그대로 사용해서 청성의 칠십이 파검으로 진자강을 때리고 있는 것이다.

진자강의 몸에는 잠깐 사이에 몇 개의 손바닥 자국이 찍혔다. 몸에서 흘리는 피 때문에 손바닥 자국이 고스란히 남았다.

퍽! 퍼억!

복천 도장이 손을 후려칠 때마다 진자강의 몸은 핏방울을 뿌려 댔다. 복천 도장도 진자강 때문에 몸의 절반에 피가 흩뿌려져 있었다.

진자강은 더 버티지 못하고 왼손까지 들어 몸을 막으려 했다. 그러나 복천 도장은 진자강이 막든 말든 아랑곳하지 않고 계속해서 쳐 댔다.

소소가 비명을 지르듯이 소리를 쳤다.

"꺄아아아아!"

편복이 소소를 잡고 말렸다. 아직 진자강은 쓰러지지 않았다. 청성파의 고수인 복천 도장을 상대로 이길 수 있을지는 모르나 분명히 무슨 생각이 있을 거라고 믿었다.

그런데 어느 순간, 복천 도장이 팔을 든 채 멈췄다.

운정이 눈을 휘둥그레 떴다.

"어?"

칠십이파검 중의 절반도 채 시전하지 않았다. 겨우 십이검 정도만 펼쳤을 뿐이다.

"버, 버렸다?"

복천 도장이 공격을 멈췄으니 이제 삼 합째가 끝나버린 것이다.

"스, 스승님의 공세를 버텼어?"

운정은 놀라서 입을 다물지 못했다.

복천 도장이 자신의 손을 쳐다보고 있었다. 피가 워낙 묻어 있어서 잘 보이지는 않는데…….

운정이 다시 의아한 외침을 내뱉었다.

"어?"

복천 도장의 왼손 손바닥이 찢겨 있었다.

"어어엇!"

손바닥이 찢기는 바람에 강제로 칠십이파검을 멈추게 된 것이다.

복천 도장이 얼굴을 찌푸리면서 냉기가 차갑게 풀풀 풍기는 표정으로 진자강을 내려다보았다. 하나 진자강은 몸을 웅크린 채로 쓰러지기 직전의 상태에서 복천 도장을 보며 웃고 있었다.

복천 도장은 어이가 없으면서도 약속을 지키지 않을 수 없었다. 이를 꽉 물고 몸을 떨면서 화를 억누르며 잇새로 말을 내뱉었다.

"약속대로 네가 한 발자국도 떼지 않고 버텼으니 용서해 주마."

"아뇨."

진자강은 말을 하기가 힘들었는지 목에 꽂힌 침을 뽑았다. 피가 꿀렁 새어 나왔다.

하지만 진자강은 피로 물든 얼굴로 웃었다.

"제가 이긴 것이니 약속을 지켜야 할 것은 도장입니다."

第五章

결자해지(結者解之)

　운정이 진자강의 말을 듣고 눈을 크게 떴다.

　만약에 복천 도장이 진자강에 의해 뒤로 밀려났다면 그
것은 복천 도장뿐 아니라 청성파의 명예도 실추시키는 대
사건이 된다.

　그러니 청성파를 위해서라도 스승이 이겼으면 좋겠는데,
그러면서도 한편으로는 진자강이 성공했으면 하는 이율배
반적인 생각이 들었다.

　운정은 어째서 진자강이 이겼다고 우기는 것인지 확인해
보았다. 겉으로 봐서는 전혀 알 수가 없었다. 둘의 자세나
걸음은 아까와 똑같았다.

복천 도장이 묵묵히 있자 진자강이 말했다.

"왼발을 들어 보시죠."

의외로 복천 도장은 의문이나 불만을 제기하지 않았다. 진자강이 말한 대로 왼발을 들어 발바닥을 내보였다.

가죽신의 밑바닥 앞쪽에 살짝 피가 묻어 있었다. 피를 밟은 것처럼. 고작 한 치 정도에 불과했지만 복천 도장이 발을 움직였다는 것은 확실한 사실이었다.

편복이 그 광경을 보고 탄성을 내뱉었다.

"허어, 진짜였구나!"

운정은 눈을 끔뻑거리면서 편복에게 설명을 요구하는 눈빛을 보냈다. 편복이 복천 도장의 눈치를 보며 조심스럽게 말했다.

"만약에 발을 조금도 움직이지 않았다면 밑창에 피가 묻을 수가 없지. 바닥에 독룡의 피가 흩뿌려진 것은 마지막 삼 합째였으니까. 즉, 삼 합째에 복천 도장께서 발을 움직였기 때문에 피를 밟아서 피가 묻은 것이지."

"으헉! 그렇다면 스승님이 진 겁니까!"

"그래. 아무래도 독룡이 복천 도장과의 내기에서 이긴 모양일세."

"어, 어떻게 이런 일이……."

편복이 질렸다는 듯 진저리를 쳤다.

"어휴, 저 독한 친구 같으니."

몸에 바싹 붙이고 있는 진자강의 왼손에는 장침 한 자루가 손등을 뚫고 튀어나와 있었다. 손가락 사이가 아니라 손등 한가운데를 뚫고 나왔다.

처음부터 장침이 튀어나와 있던 게 아니다. 손 안에 장침의 뾰족한 부분이 손바닥에 오게 쥐고 있었다. 복천 도장이 진자강의 손등을 때렸을 때 그 힘으로 튀어나와 복천 도장의 손바닥을 찢은 것이다.

복천 도장이 보인 칠십이파검의 전반 십육검을 한 번 시전했던 것이 진자강에게 반격의 실마리를 주었다.

오로지 단 한 번의 기회만 노렸다. 독침을 초반에 일부러 노출시켜 보여 준 것도, 다른 손에 숨기고 있다는 걸 잊게 만들기 위해 의식적으로 한 행동이었다.

삼 합째까지 한 번도 왼손을 쓰지 않은 것이 그런 이유였다.

진자강이 복천 도장을 보며 물었다.

"인정하시겠습니까?"

누가 봐도 강호의 선배인 복천 도장이 먼저 발을 움직였으므로 복천 도장의 패배다.

하지만 복천 도장은 발을 내리고 뒷짐을 진 채 뻔뻔스럽게 말했다.

"너는 나를 밀어내면 이긴다고 하였지 나를 앞으로 오게 하면 이긴다고 하지 않았다."

운정이 부끄럽다는 표정을 지으며 복천 도장을 보았다.

"스승님, 그건 좀……."

복천 도장은 운정을 무시했다.

"내 말이 틀렸느냐?"

복천 도장을 쳐다보던 진자강이 잠시 생각하더니 대답했다.

"틀리지 않았습니다."

"너는 나를 혼란시키기 위해 일부러 밀어낸다고 말한 후, 실제로는 걸음을 내딛게 유도했다. 그리고 정작 승부의 기준은 상식적인 잣대에 의존하려 했다. 내가 강호에서의 체면과 도리상 패배를 인정할 수밖에 없을 거라 생각했겠지. 하나 그것은 정파인으로서는 하지 말아야 할 매우 비열한 짓이다. 알겠느냐?"

복천 도장의 말대로였다. 진자강이 정면 승부로 복천 도장을 밀어내는 것은 불가능에 가까웠다. 손을 쓰기도 전에 차단당할 테니 말이다.

그래서 진자강은 밀어낸다고 한 후, 오히려 앞쪽으로 걸음을 딛고 나오게 유인했다.

편복과 운정은 어떻게 유인했다는 것인지 몰라 의아했으

나 대화에 끼어들 수가 없어 참았다.

진자강이 복천 도장의 말에 대답했다.

"부인하지 않겠습니다."

그러나 진자강은 기분이 착잡했다. 복천 도장은 자신을 정파인이라 부른 탓이다.

"하나 도장의 말씀은 매우 불합리합니다."

"어째서냐."

"초면에는 사파인으로 취급하였으면서 정작 지금은 정파인의 잣대를 들이댄 것 말입니다."

복천 도장은 표정 하나 변하지 않고 대답했다.

"나는 너를 사파인으로 취급한 적이 없다. 저쪽, 본래는 정파인이었으나 사파인처럼 행동한 결과 스스로 사파인이 되어 버린 부인이라면 모를까."

하기야 일행을 귀찮은 손님으로 취급했지 사파라고 명시적으로 말한 적은 없다. 복천 도장이 보인 반감은 거의 대부분 단령경에게 향해 있었을 뿐이었다. 심지어 합을 겨루는 중에도 단령경을 노려보기까지 했다.

진자강은 묘한 기분이 들었다.

복천 도장이 일갈했다.

"정파인이 되고 싶다면 정파인으로 행동해라! 남들이 뭐라든!"

복천 도장의 말은 이상하게도 진자강의 심금을 울렸다.

진자강은 갑자기 울컥했다.

어째서 복천 도장은 자꾸만 진자강을 정파인이라 부르는 것일까.

왜?

하나 복천 도장은 더 이상의 질문을 거부하는 몸짓으로 포권하며 물러났다.

"우리 둘의 기준에서는 내가 패했다고 할 수 없으나, 강호의 통상적인 도리를 따르자면 패배했다고 해도 무방하다. 네 청은 이뤄질 것이다."

진자강도 어색한 몸짓으로 포권하며 물러섰다.

"조만간 말씀드릴 수 있도록 하겠습니다."

복천 도장은 운정에게 한마디 했다.

"너는 저들이 떠날 때까지 본 문에 한 걸음도 들일 생각하지 마라. 모자란 놈."

"스승님……."

운정은 울상을 지으며 복천 도장에게 달려갔다. 복천 도장이 눈을 부릅뜨고 노려보다 멈칫하더니 품에서 주섬주섬 제종을 꺼내 내밀었다. 구멍이 뚫리고 우그러진 제종이었다.

"헤헤, 이게 망가져서……."

복천 도장의 얼굴이 일그러졌다. 복천 도장은 제종을 집어서 그것으로 대뜸 운정의 머리통을 때렸다.

땡!

"으아아악!"

운정이 바닥을 데굴데굴 굴렀다.

복천 도장은 운정에게 눈을 부라렸다가 단령경 쪽을 쳐다보며 크게 말했다.

"의도하였든 의도치 않았든 그대가 다시 한 번 이곳에 찾아온 것도 하늘의 연이 작용한 탓일 터. 결자해지하시오. 얽히고설킨 연을 풀어낼 마지막 인리(人理)는 결코 타인이 풀어내기 어려운 것이외다!"

복천 도장은 곧 일행에게 더 이상 볼일이 없다는 듯 몸을 돌려 버렸다.

복천 도장이 떠나자 소소가 달려와서 안쓰러운 표정으로 진자강의 상처를 봐 주었다. 특히나 손바닥의 앞뒤로 튀어나온 침을 보고는 더 안타까워했다.

"나는 괜찮아, 소소."

편복은 복천 도장의 뒷모습을 보면서 진자강에게 물었다.

"하지만 왜 복천 도장이 반 치만큼 걸음을 내디뎠을까…… 나는 아직도 이해가 안 되네."

"여로의 독입니다."

진자강이 대답했다.

"여로의 독은 피부로도 침투하는데 어지러움과 두통을 일으키고 의식을 둔하게 만들어 사리 판단을 똑바르지 못하게 만듭니다."

피부로 침투시켰다는 건 어떤 식으로 한 것인지 뻔하다.

"역시 피를 뿌리면서……."

평소보다 과도하게 피를 흘린다 했더니 여로의 독을 몰래 뿌리기 위해 그랬던 모양이었다. 복천 도장도 진자강을 맨손으로 공격하면서 어지간히 피를 뒤집어썼으니 말이다.

"하지만 복천 도장 같은 최상승의 고수가 고작 여로의 독에 당했다는 게 쉬이 믿어지지 않는군."

편복이 중얼거렸다.

"똑같은 검법을 연속으로 펼치다 보니 나뭇가지를 들고 있을 때와 들고 있지 않을 때의 거리가 달라졌다는 걸 의식하지 못한 건가……."

편복의 말처럼 고수들에겐 어지간한 독으로 치명적인 피해를 입히기 어렵다. 그러나 진자강이 원한 건 아주 조금의 흐트러짐이었다. 밥을 많이 먹으면 배가 부른 것처럼, 스스로가 의식하지 못하는 작은 균열을 노렸던 것이었다.

진자강은 여로의 독을 계속 뿌리며 맞다가 몸을 움츠려 아주 조금씩 몸을 뒤로 눕혔다. 복천 도장이 무의식적으로 손을 뻗어 때리다 보면 점점 앞으로 나오도록.

하나 진자강은 자신의 생각이 제대로 먹혔다고 생각했음에도 어딘가 모르게 찜찜했다.

복천 도장은 진자강이 자신의 실수를 '유도했다'고 하지 않았는가. 그건 마치 진자강의 의도를 이미 알고 있었던 듯한 말투였다. 특히나 자신을 향한 꾸중…… 아니, 마치 단순한 꾸중이 아니라 조언 같은 느낌의 말을 한 건 더더욱 느낌이 의아했다.

'설마 자신의 패배를 인정하지 않으려 말을 꾸며 낸 것인가?'

왠지 모르게 이상한 기분이었다.

한데 그때 단령경이 휘적휘적 돌아가는 복천 도장의 뒤를 보며 중얼거렸다.

"여전하시구려……."

운정이 맞은 머리를 문지르며 은근슬쩍 단령경에게 물었다.

"무슨 말씀이십니까?"

"그대의 사부는 예전부터 정이 많고 사람이 모질지를 못하였다네. 아직까지도 변하지를 않으셨군."

운정은 울다 말고 활짝 웃었다. 그러면서 편복과 진자강을 보고 말했다.

"맞아요. 그것 보세요. 제가 말한 대로잖아요. 우리 스승님은 보자마자 사람 목을 베고 막 그럴 분이 아니라니까요. 악은 미워하시지만 그래도 정말 정이 많으셔서 얘기를 다 들어 주시고……."

편복이 쯧쯧 혀를 차며 진자강을 턱짓으로 가리켰다. 피범벅이 되어 목과 손에 구멍이 뚫린 진자강의 모습.

"어…… 음."

운정은 더 말을 못하고 시선을 돌리며 회피했다. 아무래도 말과는 다소 다른 듯한 결과가 눈앞에 있으니 더 우기기에도 좀 무안한 모양이었다.

단령경이 진자강에게 말했다.

"복천 도장은 지독할 만큼 사리 분별이 정확한 사람일세. 그런 그가 강호의 까마득한 후배에게 선수를 양보하지 않고 손을 쓴 것은 있을 수 없는 일이지. 내 말의 의미를 알겠는가?"

진자강은 고개를 끄덕였다.

"만약 그가 우리를 해치고자 했다면 우리는 지금 이만큼 청성파의 영역 내로 들어오지도 못하였을 걸세."

어떤 면으로는 복천 도장이 단령경들을 안전하게 이곳까지 인도한 것이라 할 수 있었다. 덕분에 청성파의 제지를 단 한 번도 받지 않았던 것이다.

단령경이 중얼거렸다.

"그는…… 정말로 정의(正義)로운 사람이야……."

단령경의 마지막 말은 어딘가 슬프게까지 들렸다.

어쩌면 진자강은 복천 도장이 진자강의 청이 무엇인지까지 이미 예측하고 있을 것 같다는 생각이 들었다.

어쨌거나 강호에서 가장 안전한 곳 중 한 군데에서 당분간 지낼 수 있게 되었다.

실로 오랜만에 찾아온 안도였다.

＊　　　＊　　　＊

당하란은 망료를 빤히 쳐다보았다.

"무슨 짓이지?"

"무슨 짓은 내가 아니라 이제부터 공자가 해야 할 일이고. 아아, 이제 음지가 아니라 양지로 나와야 하니, 공자란 말도 좀 그렇군. 조카라고 부르면 될까?"

당하란의 눈빛이 매서워졌다. 예전에도 공손하다고 할 수는 없었으나 지금의 태도는 심각할 정도로 거만했다.

"감히…… 목숨이 두 개라도 되는 모양이오?"

"조카라고 부르는 것이 마음에 안 들면…… 보자. 에잉, 그런 거 생각하기도 귀찮은데 좀 적당히 하지. 그냥 당 소저로 합시다."

혼인 전에는 남녀가 동등하게 취급받는 당가의 특수한 상황을 무시하고 소저라 부른다는 건, 누구나 알 수 있는 만큼의 의미를 내포한 것이었다.

"아 참, 어르신께 말을 못 들었나?"

"뭐라고 말이오?"

"앞으로 당 소저의 직함을 빼앗고 대외 활동을 금지한다는 연락은 받았지?"

"그게 당신 수작이었나?"

"그걸 알면서도 아직 꽤 목이 뻣뻣하군? 껄껄껄."

당하란이 분노를 삼키며 낮은 음성으로 물었다.

"마지막으로 한 번만 묻지. 무슨 꿍꿍이를 부리고 있는 것이오?"

"중매지. 죽기 전에 좋은 일 한번 하고자 남녀 사이에 작교(鵲橋)를 놓아 보려는 걸세."

이젠 대놓고 하대를 하는 망료다. 하루 만에 처지가 뒤바뀐 듯한 망료의 태도에 당하란은 머리끝까지 화가 치밀었다.

심지어 망료는 탁자에 앉아 있고 당하란은 서 있는 채다.

"그, 러, 니, 까! 왜 당신이 나의 중매를 서느냐고 묻는 거잖아!"

망료가 아무렇지 않게 대답했다.

"그야 어르신이 그리하라 하셨으니까. 만약 내가 권한 배필이 마음에 안 들면 다른 사람으로 바꿔 줌세."

망료가 손짓하자 뒤에 있던 당가의 무사들이 얼금뱅이 청년 한 명을 데려왔다. 어디 촌구석에서 데려왔는지 멍청한 표정에 얼굴은 온통 우묵우묵한 마맛자국으로 가득하다.

"저게 내 배필이라고?"

당하란은 어이가 없어서 멍하게 청년과 망료를 번갈아 볼 수밖에 없었다.

곧 당하란이 수치로 얼굴을 붉혔다.

"이, 이이익! 나를 모독해도 분수가 있지."

당하란이 소리쳤다.

"치워! 이 더러운 것들을 내 앞에서 치워 버려!"

하지만 당하란의 주변에 있던 무사들은 눈치만 볼 뿐 움직이지 않았다.

"뭣들 하는 거야! 이젠 너희들까지 내 명령도 듣지 않는다는 거냐!"

화가 난 당하란이 번개처럼 손을 뻗었다. 허리춤에서부터 뱀처럼 채찍이 풀려 나갔다.

촤악!

멀뚱하게 구경하고 있던 얼금뱅이 청년의 목에 채찍이 감겼다.

"억! 컥!"

얼금뱅이 청년은 무공도 전혀 모르는지 금세 숨이 막혀 얼굴이 허예졌다. 당하란이 더 힘을 주었다. 얼금뱅이 청년은 팔다리를 부들부들 떨면서 무릎을 꿇었다.

하지만 망료는 빙글빙글 웃으면서 구경만 할 뿐이었다. 어차피 촌구석을 뒤져 데려온 쓸모없는 바보 청년이다.

당하란은 분노로 얼굴이 더욱 새빨개졌다.

"말해…… 당신이 정말 원하는 게 뭐야."

망료가 당하란의 앞에 작은 병 하나를 내려놓았다.

"내 의족에 달았던 절독의 해독약이야."

"그런데?"

"이걸 가지고 청성산으로 가도록 하시게."

당하란이 채찍을 더 세게 당겼다. 얼금뱅이 청년은 앞으로 엎어졌다.

"내가 고른 짝이 마음에 들지 않는 모양이군. 실망인데."

"내가 청성산에 못 가겠다면?"

하지만 망료는 웃었다.

"싫어? 싫을 수도 있지. 그럼 눈앞의 얼금뱅이와 결혼해야지."

으드득.

당하란이 이를 갈면서 채찍을 당겼다.

뚝, 소리와 함께 얼금뱅이 청년의 목이 돌아갔다. 얼금뱅이 청년의 바지춤이 젖으며 고약한 냄새가 풍겼다. 단번에 목이 부러져 숨이 끊어진 것이다.

당하란이 살벌하게 씩 웃었다.

"자, 배필이 없어졌군. 이젠 어쩔 거지?"

"말했을 텐데. 마음에 안 들면 다른 사람으로 바꿔 준다고."

망료는 전혀 동요하지 않았다. 그러더니 소매에서 염라패를 꺼내 탁자 위에서 따각따각 소리가 나게 굴렸다.

염라패를 본 당하란은 눈을 크게 치켜떴다. 순식간에 얼굴이 새하얗게 질렸다.

"어떻게 당신 손에 염라패가……."

"착각하는 모양인데, 이건 부탁이 아니고 명령이야."

"그냥 두지 않겠어!"

딱!

당하란이 채찍을 풀어 바닥을 치면서 망료를 위협했다. 석재 바닥이 푹푹 패었다.

하나 망료는 당하란이 보란 듯 염라패를 당하란의 얼굴에 들이댔다. 당하란은 팔을 떨었다. 염라패가 있는데 채찍을 후려칠 순 없었다.

망료가 얼굴에서 웃음기를 지우고 싸늘하게 말했다.

"잘 알아들었으면 이제 어리광 그만 부리고 가. 가서 수단 방법을 가리지 말고 그놈을 꼬셔. 그래서 당가로 데려오란 말야. 자꾸 건방지게 굴면 다음엔 얼금뱅이가 아니라 나병에 걸려 살면서 한 번도 여자 맛을 보지 못한 육십 줄 천치 노인이 네 신랑이 될 게야."

*　　　*　　　*

떼구르르, 떼구르륵.

탁자 위에서 금가락지 한 짝이 굴러다녔다. 금가락지는 탁자 끝까지 굴러갔다가 끝에서 떨어지기 직전에 다시 돌아왔다.

백리중이 손가락으로 다시 금가락지를 툭 쳤다. 금가락지는 다시 탁자 끝까지 굴러갔다가 돌아오기를 반복했다.

백리중은 무심한 표정을 짓고 있었지만, 어딘가 날이 서 있던 평소의 모습과는 달랐다.

옆에 있는 심학이 씩씩대며 말했다.

"정말 해도 해도 너무합니다. 아무리 그래도 그렇지 어떻게 사람 팔을 소금에 절여서 보낸답니까? 그게 무당파의 도사가 할 짓입니까? 먹을 수 있는 것도 아니고 사람 팔을 젓을 담가 보내면 뭐 어쩌라는 건지 원. 에잉!"

백리중은 묵묵부답이었다.

"그래 놓고, 몸이 딸려 오지 않아서 필요 없는 걸 다시 보낸다고? 에이잉! 도대체 그게 무슨 헛소리랍니까? 맹주면 다야? 징그럽게 왜 그런 짓을 해?"

아닌 게 아니라 심학의 앞에는 기다란 상자가 놓여 있고, 섬뜩하게도 상자 안에는 소금에 절여진 사람 팔이 있었다. 그리고 거기에 딸린 문구는 더욱더 섬뜩했다.

회송(回送), 결두몰동소퇴각(缺頭沒胴少腿脚).

머리가 없고 몸통이 없고 다리가 없어서 돌려보냈다는 뜻이다.

한데 결자와 몰자, 소자는 모두 무언가를 충족하지 못하고 부족하다는 뜻을 담고 있다.

즉, 이 문구는 '머리와 몸통과 다리가 부족하다. 그러니 나머지를 더 붙여서 한 덩어리로 만들라' 는 요구를 하고 있는 것이다.

이제까지 내내 아무 말이 없던 백리중이 한마디를 했다.

"경고지. 내게 하는."

"아니, 그러니까 말씀입니다. 아무리 맹주라도 할 게 있고 아닌 게 있습죠. 모르는 사이도 아니고 어떻게 각주님께 이럴 수 있느냐 말입니다. 겨우 한 번 실수에…… 그것도 딸처럼 아끼던 이의 팔을……."

'딸처럼 아끼던 이의 팔'이라고 말하던 심학이 아차 싶어서 입을 다물었다. 백리중이 심학을 슬쩍 쳐다보았다. 심학은 재빨리 말을 돌렸다.

"뭐…… 원래 맹주가 그런 분인 거야 알고 있었지만 너무하다는 생각이 들어서 그렇습니다."

또르륵, 또르르륵.

백리중은 다시 입을 닫고 금가락지를 굴렸다.

한데 갑자기 백리권이 들어와 방 입구에서 무릎을 꿇고 앉았다.

"스승님."

백리중은 쳐다도 보지 않고 물었다.

"몸은 어떠냐."

"내상은 거의 회복했습니다."

"그래…… 그럼 꺼지거라."

백리권이 놀라서 고개를 들었다.

"스승님!"

백리중은 듣지도 않고 금가락지를 굴려 댔다.

심학이 급하게 달려가 백리권을 부축해 일으켰다.

"공자. 오늘은 이만 물러가시오."

"스승님, 잘못했습니다!"

"공자…… 지금은 때가 좋지 않으니 다음에 다시 오시오."

심학은 백리권을 달래서 내보냈다.

그러곤 자신도 들어오려다가 도저히 분위기가 좋지 않음을 알았다.

심학은 주방에 가서 술과 간단한 안주를 차려 방에 가져다 놓고는 조용히 나가서 문을 닫았다.

혼자만 남은 백리중은 한동안 금가락지를 굴리다가 한참이나 후에야 멈추고 금가락지를 집어 들었다.

드르륵, 의자를 밀며 무신경하게 일어서서는 팔이 담긴 나무 상자로 다가가 상자 안을 내려다보았다.

백리중이 손을 뻗자 소금에 절여진 팔이 두둥 떠올라 백리중의 손으로 빨려 들어갔다.

백리중은 절여져 미끈거리는 팔의 손목을 잡아 약지에 금가락지를 끼웠다. 팔의 약지에는 이미 한 짝의 금가락지가 끼워진 상태였다. 백리중이 가진 것과 똑같은 모양이었다.

가락지는 본래가 두 짝이 한 쌍이다.

금가락지를 끼우자 두 짝의 금가락지는 하나처럼 들어맞아 완벽한 한 쌍이 되었다.

백리중은 그것을 보고 고개를 끄덕거리다가 팔을 든 채로 탁자에 가 앉았다. 팔을 탁자 위에 올려놓고 잔 두 개를 놓았다. 하나의 잔에 술을 따라 팔 앞에 두고 하나는 자신이 마셨다.

피식.

백리중의 입가에 실없는 미소가 맺혔다.

"어쩌면 임자도 나도, 참으로 부질없는 삶을 사는지도 모르겠군."

백리중은 한 잔의 술을 더 따라 마신 후, 팔을 들었다.

그 순간 백리중의 손에서 불길이 일었다.

화악!

삼매진화(三昧眞火)!

한 쌍의 금가락지가 끼워진 팔이 순식간에 불에 휩싸였다.

화륵, 화르르륵!

시커먼 연기와 살이 타는 매캐한 냄새가 방 안에 가득해졌다.

하지만 백리중은 눈살 한 번 찌푸리지 않고 무덤덤한 표정으로 그 모습을 바라보고 있을 따름이었다.

*　　　　*　　　　*

청성파의 암자에 자리 잡은 일행은 드디어 한숨을 돌렸다.

다행히도 청성파에서는 약속대로 일행의 행동에 간섭하지 않았다. 하나 복천 도장이 그어 놓은 선을 넘어가려 하면 여지없이 어딘가에서 날 선 기운이 날아왔다.

길을 잘 아는 운정이 암자를 내려가 먹을 것과 약을 얻어 오고 있어서 지내는 데에는 불편함이 없었다.

덕분에 진자강은 마음 놓고 수련에 열중할 수 있었다. 단령경은 독 때문에 여전히 고생하고 있었으나 진자강에게 시간을 내주어 종종 무공을 봐주곤 했다.

암자에 온 지 사흘째.

진자강은 암자 뒤에서 조용히 옥허구광 오뢰합마공을 일으키며 행공을 연습했다.

최대한 내공을 억누르며 기혈이 상하지 않도록 천천히 움직여 보았다. 그러나 아무리 제어가 잘 되어도 속도를 억누를 수는 없었다. 기혈이 내공의 흐름을 버티지 못하고 툭툭 파열되었다.

하나 진자강은 포기하지 않고 속도를 조절하려 애썼다.

느리게가 안 된다면 빠르게.

내공의 수레바퀴가 맹렬하게 돌기 시작했다.

우르르릉.

옥허구광 오뢰합마공 특유의 뇌성이 울렸다.

그럼에도 아직 일 단계에 머물러 있었다. 중단전, 하나의 둑밖에 세우지 못했다.

진자강은 이왕 일으킨 힘으로 좌측의 막힌 기혈까지 뚫을 수 있도록 시도했다.

하지만 얼마 지나지 않아 기혈의 부담이 심해져서 피가 새기 시작했다.

투툭, 툭.

묘하게도 우측의 기혈이 잦은 파열로 약해질수록 좌측의 기혈은 오히려 점점 더 단단하게 굳고 있었다.

단령경의 말처럼 몸의 균형이 심각하게 틀어지고 있는 것이다.

진자강은 천천히 내공을 거두었다.

기혈을 돌아다니던 내공이 잠잠해지며 세맥의 곳곳으로 퍼져서 힘이 분산되곤 사라졌다. 단전에 내공을 모을 순 없지만 그보다 넓은 세맥에 힘이 분산되며 쌓이는 것이 느껴졌다.

"후우우."

행공을 마친 진자강이 눈을 떴다.

멀리서 운정이 쪼그리고 앉아서 보고 있다가 냉큼 일어나 달려왔다.

"독룡 도우. 아무래도 기혈의 상태가 좋지 않아 보입니다. 매일 수련을 하는 건 좋지만 몸의 부담이 커지면 기혈이 점점 약해질 겁니다."

"알고 있습니다. 하지만 시간이 날 때마다 수련하여 익숙해져야 합니다. 필요한 때에 제대로 쓸 수 없게 되면 평생 쓰지 못하게 될 테니까요."

운정이 한숨을 내쉬었다.

"하아, 독룡 도우는 정말 칼끝에 서서 살아가고 있군요."

운정은 자신과 너무 다르다는 생각이 들었는지 머쓱해서 머리를 긁었다. 그리다가 비명을 질렀다.

"으아야야야!"

복천 도장이 때려서 생긴 혹을 건드린 탓이다. 운정이 눈물을 찔끔하며 말했다.

"그래도 독룡 도우의 회복력은 어마어마하군요. 제 머리에 난 혹보다도 더 빨리 상처가 아물다니. 살갗에 실핏줄 터진 정도는 반나절이면 아물어 버리니. 아우…… 머리야. 스승님은 내가 머리 나쁘다고 하면서 맨날 머리를 때리셔."

한데 갑자기 운정이 진자강을 야릇한 눈으로 보았다.

"왜…… 그럽니까?"

"독룡 도우……."

"말…… 하시죠."

"서로 돕고 삽시다. 내가 독룡 도우를 도와줄 테니, 독룡 도우도 내게 세상 똑똑하게 살아가는 법을 알려 주세요."

"세상을 똑똑하게 살아가는 법이요? 그런 게 있습니까?"

"독룡 도우는 한 마디 한 마디를 해도 또박또박, 누가 들어도 똑똑한 티가 나지 않습니까. 저도 경전이며 무공서를 읽을 만큼 읽었는데 전혀 그런 티가 나지 않는단 말입니다."

진자강은 새어 나온 피를 수건으로 닦으며 말했다.

"그건 똑똑하기보다는 눈치의 문제일 것 같은데요."

"그럼 제가 눈치 없이 굴면 알려 주세요. 혼내도 상관없습니다. 저는 구르면서 배워야 한다고 스승님이 그러셨거든요."

"알겠습니다."

"그럼 약속한 겁니다. 하하. 필요한 게 있으면 독룡 도우도 말씀하십시오."

운정은 든든해졌는지 기분 좋게 웃었다.

진자강이 되뇌었다.

"필요한 거라……."

진자강은 잠시 생각하다가 말했다.

"금나수법에 대해 알려 주실 수 있습니까?"

"금나수를요?"

운정이 고개를 갸웃거렸다. 금나수는 어떤 문파의 제자들이라도 공통적으로 배우는 부분이었다. 그런데 천하의 독룡이 금나수의 기본을 알려 달라니.

도대체 어떻게 그간 그 수많은 무인들을 죽였는지 이해하기 어렵다.

하기야 진자강은 심지어 경공까지 못하긴 하지만 말이다.

기실 경공이나 금나수뿐 아니라 진자강은 혼자서만 무공을 수련해 기초가 부족한 게 가장 큰 단점이었다.

특히나 금나수는 기초가 크게 실력을 좌우해 금나수를 겨룰 때 가장 많은 허점이 드러났다. 소매치기 소년처럼 자신보다 하수를 상대할 때엔 경험과 빠른 동체 반응으로 상대할 수 있었는데, 복천 도장과 같은 고수를 상대할 때엔 아예 상대가 되지 않을 정도로 큰 차이가 났다.

일전에 내지른 일권이 복천 도장의 한 수에 무력화된 걸 생각하면 진자강으로서 이 결점은 반드시 극복해야 할 과제였다.

암기를 쓴다고 해서 중거리만 유지하다 보면 적의 허점을 찌를 수 없는 법이다. 중거리에서의 싸움을 잘하려면 근거리에서의 싸움도 잘해야 한다.

더구나 독을 이용하는 만큼 금나수를 이용한 빠른 손놀림은 굉장히 중요했다. 진자강이 제대로 금나수를 구사할 줄 알게 된다면 앞으로 자신의 손을 꿰뚫어 가면서 상대에게 침을 찌를 필요는 없게 될 것이다.

"기본이면 충분합니다."

"본 파의 수법을 가르쳐 달라는 게 아니라면 뭐……."

운정은 비스듬히 앞발을 내밀어 궁보를 서고 진자강에게도 자신과 마주하여 똑같은 자세를 서게 했다. 그러곤 함께 오른손을 내밀어 손등을 맞대었다.

"발을 움직이지 않고 손등을 떼 보실까요."

진자강은 운정이 말을 끝내기도 전에 바로 손을 뒤로 휙 빼 버렸다. 그러나 운정이 손등을 밀면서 아래로 눌렀다가 휘젓자, 진자강의 팔은 운정의 손에 달라붙은 채로 원래 자리에 되돌아왔다. 마치 자기의 의지로 자신의 팔이 움직이지 않고 운정이 움직인 듯했다.

"하하."

진자강은 어이가 없어 웃었다.

"이야…… 이상하네요. 독룡 도우가 겨우 이 정도에 당하실 줄 몰랐는데."

진자강이 이번엔 손등으로 운정의 손등을 밀어 보았다. 밀어냈다가 바로 손을 빼내려는 생각이었다. 운정의 손은 아무런 힘도 없는 지푸라기처럼 쉽게 밀렸다. 진자강은 뒤로 손을 확 빼 버렸다.

그런데 그 순간 운정의 손이 찐득하니 들러붙으면서 진자강의 손을 따라붙었다.

이대로는 아까와 똑같이 당할 뿐이다. 진자강은 운정이 했던 것처럼 팔을 크게 빙글 돌려 보았다. 운정의 손등이 아교처럼 진자강의 손등에 들러붙은 채 함께 돌았다. 그러다가 반쯤 돌았을 때 갑자기 손목에 힘이 들어가더니 뒤로 꺾듯이 젖혀서 진자강의 손등이 눌리게 만들었다. 진자강은 손목이 앞으로 꺾여서 힘이 들어가지 않자 대경했다. 운정이 손목만으로 작게 원을 그려 진자강의 팔이 길을 잃고 휘청이게 만들었다.

그러곤 다시 처음의 제자리.

진자강은 운정의 손이 떨어지지 않아 답답하면서도 허탈한 기분이 들었다. 운정의 특기는 금나수가 아니다. 그런데도 전혀 떨궈 내지 못했다.

운정이 말했다.

"금나수법은 화경에 그 근본을 두고, 화경은 첨련점수(沾

連粘隨)의 기법을 쓰고 있습니다. 이번엔 손을 떼고 천천히
제 어깨를 짚어 보시겠습니까."

진자강이 손등을 떼었다가 천천히 운정의 어깨를 짚어
갔다. 운정이 손을 내밀어서 손등을 뒤로 눕혀 손등과 손목
의 사이에 진자강의 손을 끼웠다.

"첨(沾)이란 상대의 손에 내 손을 접촉하여 가는 것을 말
합니다."

진자강이 끼인 상태를 무시하고 손을 쭉 뻗어 갔다. 운정
이 손을 붙인 채로 진자강의 힘을 거스르지 않고 고스란히
따랐다.

"련(連)이란 상대와 떨어지지 않고 계속 연결해 가는 것
이며, 동시에 상대의 의향을 파악하는데 이를 별도로 청
(聽)이라 합니다. 이제 손을 흔들어 보시지요."

진자강이 손을 좌우로 흔들었다. 그때까지 힘없이 밀리
던 운정이 갑자기 진자강에게 따라붙어 움직였다. 진자강
은 다시 끈끈하고 답답한 기분을 느꼈다.

"점(粘)이란 상대의 손에 내 손을 더욱 붙이는 것이며,
수(隨)는 상대가 움직이는 방향을 따라가 접촉한 손을 떼지
못하게 하는 것을 말합니다."

단순히 때리고 긁고 밀쳐 낸다고 되는 게 아니었다.

상대의 의도와 힘의 방향을 읽고 한걸음 앞서 움직이는

것이 첨련점수의 목적이다.

그러니 복천 도장에게 했듯 미련하게 공격하게 되면 어지간한 고수들은 충분히 이를 대처할 수 있게 되는 것이었다. 대처할 시간을 주지 못할 정도의 빠르기와 위력이 아니라면 말이다.

"다시 해 보시겠습니까?"

운정은 처음처럼 궁보의 상태에서 진자강과 손등을 맞대고 섰다.

진자강은 맞댄 손등을 통해 가만히 운정의 움직임을 느껴 보았다.

한참을 집중하자 손등에서 아주 작은 맥동이 느껴졌다.

진자강은 아예 눈을 감아 보았다. 운정의 핏줄이 툭툭 뛰면서 피가 흐르는 것이 느껴지고, 호흡을 따라 살결이 미세하게 오르락내리락하는 흐름이 느껴졌다.

겨우 손등만 마주 댔을 뿐인데 아주 많은 정보가 전해져 왔다.

첨(沾)은 손을 접촉하는 데 그치는 것이 아니라 정보를 가장 잘 읽을 수 있는 청(聽)의 상태로 접촉하는 데에 그 중요성이 있는 것이다.

그것을 깨달은 진자강은 미세하게 손등을 상하좌우로 움직여 가장 잘 맥동이 느껴지는 곳을 찾았다.

그러면서 맥동을 느끼다 보니 진자강은 어느새 운정의 호흡에 자신의 호흡을 맞춰 따라가고 있었다.

운정은 기본기가 워낙 탄탄해서 호흡이 느렸다. 도문의 호흡법이 대개 그러하듯 들숨과 날숨의 길이가 달랐다. 들숨은 빠르지만 날숨은 놀랄 정도로 느리고 길었다. 진자강은 운정의 호흡을 따라 하다가 자신의 호흡이 상대적으로 달리는 것을 알고 놀랐다.

문파가 자랑하는 전통의 깊이는 이렇게나 섬세한 부분에까지 미치고 있는 것이다.

꿈틀.

갑자기 맥동이 빨라지는 게 느껴졌다.

진자강은 청(聽)을 통해 운정이 움직이려 한다는 걸 몸으로 먼저 알 수 있었다. 운정의 손등 힘줄이 당겨지는 것이 느껴진다. 손을 비스듬히 밀 거라는 걸 예측할 수 있었다.

진자강은 운정의 움직임을 거스르지 않고 팔을 당겨서 운정의 움직임을 따랐다. 운정의 팔이 깊게 들어올수록 운정의 팔은 진자강에게 가까워진다. 평소의 경우라면 상대의 몸이 자신에게 가까워지고 있으니 공격당한다는 생각이 먼저 들기 마련인데, 진자강은 첨련점수를 생각하다가 새로운 사실을 깨달았다.

사람의 팔은 관절에 고정되어 있어서 움직일 수 있는 범

위가 정해져 있다. 운정이 팔을 곧게 뻗으면 뻗을수록 다음 행동이 제한된다. 회수하는 동작도 더 커질 수밖에 없다.

반대로 진자강은 팔을 안으로 끌어당긴 상태다. 운정보다 훨씬 더 자유로운 방향으로 작게 움직이는 것이 가능하다. 진자강이 작은 원을 그리면 운정은 큰 원을 그려야 진자강을 따라잡을 수 있게 된다. 원의 크기만큼 속도와 여유 동작의 차이가 생긴다.

이것은 마치 병법에서 적의 병사들을 최대한 안으로 끌어들였다가 한꺼번에 덮쳐서 잡아먹는 것과 비슷하다. 그물에 물고기가 안쪽 깊이 들어올 때까지 기다렸다가 낚아채는 것과 같다.

진자강은 운정의 팔이 최대한으로 들어올 때까지 기다렸다가 그물을 낚듯 손목을 틀었다.

하나 운정도 첨련점수를 통해 진자강의 의도를 예측했다. 이번엔 운정이 손에 힘을 빼고 진자강의 행동에 따라주었다.

진자강은 물결처럼 팔을 흔들어 운정을 따돌리려 했으나, 운정은 끈덕지게 따라붙었다. 진자강은 힘을 빼고 운정 쪽으로 손을 밀어냈다.

방금과 공수 입장만 바뀐 상태 같지만 안에 숨겨진 무리(武理)는 전혀 반대다.

진자강이 손을 앞으로 밀어내고 운정은 자신의 팔을 당긴 꼴이 됐기 때문에, 운정은 상대적으로 붙이는 힘인 점(粘)이 약해졌다. 진자강이 팔을 당겨 버리면 운정은 점(粘)을 놓치지 않기 위해 수(隨)로 따라와야 하는데 그러면 공수의 입장이 다시 바뀌게 된다.

진자강이 손에서 힘을 빼고 운정의 손을 다시 유인하게 되는 입장이 되는 것이다. 그러면 답답해지는 건 운정 쪽이다.

연거푸 바뀌는 공수의 입장.

대놓고 큰 움직임은 없어 보이지만 끊임없이 상대의 첨련점수를 방해하기 위한 움직임을 서로가 하고 있다.

어느새 금나수의 싸움이 화경의 대결이 되어 갔다.

그러다 보니 자연히 손등을 맞댄 채로 주거니 받거니, 밀었다가 당겼다가, 혹은 팔로 원을 그렸다가 파도를 그렸다가를 반복하게 된다.

남이 보면 별 힘도 주지 않고 설렁설렁 팔만 밀었다 당겼다 하는 것 같은데 둘의 몸은 벌써 땀으로 범벅이다. 얼마나 지났는지 스스로도 모를 정도로 수백 번이 넘도록 치열한 수 싸움을 하고 있었다.

결국 땀 때문에 손등이 미끄러져서 둘 다 접촉을 실패하고 나서야 화경의 싸움이 멈췄다.

"후아…… 독룡 도우의 집중력이 엄청나군요!"

운정은 감탄했다. 이것은 도저히 오늘 처음 화경을 배운 사람이라고 할 수 없다.

그런데 의외로 운정보다 진자강이 훨씬 더 멀쩡하다. 내공을 쓰지 않았으니 땀을 흘리는 건 같은데 집중력이 아직도 거의 흐트러지지 않은 채다.

자신보다 훨씬 강한 상대와 생사결을 치르는 동안 잔뜩 신경을 곤두세운 채로 며칠을 버티며 인내하는 법을 알게 되어서다.

"괜찮으면 한 번 더 부탁드립니다."

"와…… 독룡 도우."

운정이 질렸다는 얼굴을 하는데 옆에서 편복이 둘을 타박했다.

"그만 좀 하고 옆 사람 생각도 좀 해 주시게들."

"네?"

편복이 무슨 말을 하나 했더니 그 옆에 있던 소소가 얼굴을 붉혔다. 소소는 둘이 멈춘 사이에 다가와서 물을 가져다 주었다.

"소소가 벌써 세 번이나 물을 뜨러 다녀왔소이다. 거기 두 사람한테 시원한 물 먹이겠다고."

그 말에 소소가 얼굴을 감싸고 달아나듯 가 버렸다.

운정이 멍하게 그런 소소의 뒤를 돌아보았다.

*   *   *

진자강은 다른 모든 것에서 신경을 끊고 자신의 수련에 열중할 수 있었다.

마치 폐관 수련을 하는 것처럼 눈만 뜨면 쉬지 않고 뭐든지 했다.

마음으로는 안도하고 있었으되 심정은 절박했다.

지금은 위기에 함께 싸워 줄 일행이 있었고 배울 수 있는 스승이 있었으며 대련을 할 수 있는 비슷한 연배의 친구도 있었다. 밥이며 청소 등 전혀 신경 쓸 필요가 없게 뒷바라지를 해 주는 소소의 도움도 매우 컸다.

언제 또 지금 같은 기회가 찾아올지 알 수 없는 일이었다.

특히나 진자강은 옥허구광 오뢰합마공에 매진했다.

복천 도장과 내기한 바, 조만간 진자강은 청성파의 장문인인 무암 존사를 만나게 될 것이다. 그때 그가 옥허구광의 후반오의를 알려 줄지 장담할 순 없으나, 만일 알려 준다고 해도 진자강이 준비가 되어 있지 않다면 그 천금 같은 기회를 헛되이 흘려 버리게 될 수도 있었다.

하여 진자강은 몸이 버틸 수 있는 한도까지 운기행공을

지속했다. 갑작스러운 싸움에 대비할 필요가 전혀 없었기 때문에 온 여력을 오로지 수련에만 쏟는 것이 가능했다.

때문에 역설적이게도 진자강은 가장 안전하다고 생각되는 요즘, 오히려 몸은 훨씬 더 엉망진창이었다. 상처가 사라질 날이 없었다. 매일 밤 전신이 피투성이가 되어야 수련이 끝났다.

소소는 그때까지 자지 않고 기다렸다가 진자강의 수련이 끝나면 피에 젖은 옷을 빨아 널고 난 후에야 진자강을 따라 일과를 마쳤다.

진자강은 미안해했지만 소소는 괜찮다는 듯 웃을 뿐이었다.

그러면 이후 진자강은 냇가에서 몸을 씻고 명상수련을 한 후 잠자리에 들어갔다. 그 시간이 야반(夜半)을 넘어선 삼경(三更) 말이었다.

진자강이 잠드는 건 겨우 두 시진 뿐.

동이 트기도 전 묘시(卯時)가 되면 일어나 하루를 시작하는 진자강이었다.

진자강이 새벽같이 일어나 또 수련하러 나가는 모습을 잠에서 깬 운정이 보았다.

운정은 눈을 비비면서 잠이 덜 깬 목소리로 말했다.

"후아암. 독룡 도우는 정말 대단하군요."

옆에 있던 편복이 장단을 맞춰 주었다.

"대단한 게 아니라 지독한 거지. 근데 뭐 한편으로는 이해가 되기도 하고."

"네? 이해가 되다니요?"

편복은 일어나 주섬주섬 옷을 챙겨 입었다. 나이가 드니 새벽잠이 사라졌다고 투덜거리면서.

"저 친구는 강해지는 것이 생존 아니겠소? 운 좋게 좋은 가문에서 입에 금수저를 물고 있던 것도 아니니까 말이외다. 뒷배경이 없으니 혼자서 일어설 수밖에. 수련할 수 있을 때 해 둬야지."

"흐음. 독룡 도우를 보면 저는……."

운정이 하품을 했다.

"저는 좀 더 자야겠습니다. 스승님 없이…… 후아암, 게으름을 피울 수 있을 때 피워 두게요."

운정은 앉아서 꾸벅꾸벅 졸다가 옆으로 넘어갔다.

편복은 어이가 없어서 피식 웃었다. 운정도 한창 잠이 많을 나이이긴 할 것이다. 복천 도장 밑에서 있을 때야 매일 혼나면서 일어났을 테고.

편복은 냇가로 세안을 하러 가는 진자강의 뒷모습을 보며 중얼거렸다.

"뭐, 저렇게 지독한 사람도 그리 흔한 편은 아니니까."

말을 하던 편복은 갑자기 그보다 더 지독했던 한 사람을 떠올리고는 고개를 절레절레 저었다.

좋은 가문의 영애로 평범하게 살고 있던 단령경을 이 지경까지 오게 만든 자. 한 사람과 수백의 죄 없는 이들을 나락으로 떨어뜨리고 자기 영달을 추구한 자의 모습이 떠오른 때문이었다.

"후."

편복은 방을 나와 문간에 걸터앉아선 허리춤에서 작은 주머니를 꺼냈다. 주머니 안에서 말린 연초 잎을 집어서 곰방대에 구겨 넣고 불을 붙였다.

오랜만에 연초 한 모금을 빨 생각이었는데…….

진자강이 나가는 시간에 늘 일어나는 소소가 그 모습을 보더니 와서 편복의 곰방대를 낚아채 갔다.

소소가 인상을 쓰고 편복의 다리를 가리켰다. 편복이 아니라고 항변했다.

"나 다리 다 나아가고 있다고 이 녀석아! 그거 내가 얼마나 아끼고 아끼던 건데!"

편복이 억울하다는 듯 말했지만 소소는 냉정하게 곰방대를 뒤집어 털어 버렸다.

편복이 남은 연초 잎이라도 살려 보려고 바닥에 널브러진 잎을 모으다가 손을 데었다.

"아구구구! 이놈이? 이 아까운 걸! 아 뜨거, 아 뜨거. 얼어 죽을! 여기도 지독한 사람이 하나 더 있었네."

*　　　*　　　*

진자강이 운기행공을 위해 조용한 장소로 나왔을 때, 단령경도 이미 나와서 자리를 잡고 있었다.

몸을 치료해야 하는 단령경에겐 새벽의 왕성한 기운을 받아들이는 것이 매우 중요했다. 진자강이 강해지기 위해 수련하고 있듯 단령경도 몸을 회복하기 위해서 운기행공에 매진하고 있었다.

하지만 일다경 정도 운공에 빠져 있을 때, 갑자기 단령경이 기침을 했다.

"쿨럭."

마른기침에 피가 섞였다.

"쿨럭, 쿨럭, 쿨럭!"

단령경은 흰 광목천을 입에 대고 연신 기침을 하다가 마침내 왁 하고 피와 내장 부스러기를 토했다.

진자강이 운공을 하다 말고 일어났다. 단령경은 입을 천으로 막고 다른 손을 들어서 오지 말라고 말리려다가, 그쪽의 팔이 없음을 깨닫고 허탈하게 웃으며 고개를 저었다.

"나아지고 있는 중일세. 걱정할 것 없네."

단령경은 몸 안에 자리한 독기가 너무 심해서 어쩔 수 없이 손상된 부위를 뜯어내는 중이다. 몸 안에 상처가 누적되고 있었지만 독기가 지금보다 더 깊이 침투하는 것보다는 나았다.

단령경이 쌕쌕거리며 거친 호흡을 내뱉었다.

"굉장한 독이군. 기혈에 들러붙어서 마치 살아 있는 것처럼 끊임없이 오장에 침투하려 하네. 내 지금까지 이런 독은 듣도 보도 못했어."

"독기 제거가 안 되는 겁니까?"

"독기가 기혈에 단단히 들러붙어 있어서 억지로 떼어 내면 기혈이 영구적으로 폐쇄될 걸세. 조금씩 독기를 녹여내는 방법으로 제거하고 있으나 필연적으로 오장이 손상되고 있으니, 결국 회복하려면 몇 달은 걸릴 것으로 보이네."

단령경이 잠시 숨을 고르며 "하하" 하고 웃었다.

"내 내공이 노화순청(爐火純靑)에 이르러 독을 두려워한 적이 없었는데, 이번에 그 오만함의 대가를 심하게 치르는군."

진자강은 담담히 말했다.

"하찮은 모기 한 마리가 물어도 간지러워 미칠 지경이 되는 게 사람 아니겠습니까."

"모기?"

단령경은 미처 생각하지 못했던 말인 듯 미소 지었다.

"그렇군. 모기에 물려도 간지러운 게 사람이지."

제아무리 무공의 고수라도 모기에 물리면 가렵다. 모기의 날갯짓 소리를 듣고 피한다거나, 미리 모기를 잡아 죽여서 예방한다. 조금의 방해도 받아선 안 되는 중요한 운공 때에는 살갗 위에 얇게 기를 펼쳐서 아예 물리는 걸 방지하기도 한다.

그게 아니더라도 모기 물린 곳의 감각을 고의적으로 차단하거나 내공을 집중해서 독을 해소시킬 수도 있다.

물론 그 정도의 일에 내공을 쓴다는 일이 우스울 수도 있지만 일 갑자를 수도한 고승도 모기에 물리면 정신이 산만해지는 건 마찬가지인 것이다. 다만 고승은 살생하지 않기 위해 인내를 기르고 가려움 또한 자연의 일환으로 받아들여서 살 뿐이다.

그러니 사람을 죽이려고 만든 독은 어떻겠는가.

"좋은 화두였네. 생각할 거리가 생기는군."

"아닙니다."

모기에 비유하긴 했으나 사실 그것은 진자강이 독을 쓰는 방법 중의 하나였다. 독이 주가 아니더라도 보조로서의 독 역시 큰 효과가 있다.

울컥.

그사이 단령경이 다시 반 모금의 피를 토했다.

그때 문득 진자강은 단령경의 얼굴에서 묘한 빛을 보았다. 아침 해가 떠오르며 햇살이 단령경의 눈가에서 살짝 변색된 것 같은 느낌을 받았다.

각혈을 하면서 내공의 단속이 흐트러진 때에 나타난 현상이다.

"왜 그러는가?"

"잠시, 실례하겠습니다."

진자강은 단령경에게 다가가 눈가를 살폈다.

피곤하고 기력이 떨어져 보이며 눈빛이 다소 탁해 보이는 것 이외에는 별다른 것이 없어 보인다.

"혹시…… 독기의 발발을 내공으로 억누르시는 중입니까?"

"그리하고 있지."

당연히도 하루 열두 시진을 내내 내공으로 독기가 퍼지는 것을 막고 있는 단령경이다.

진자강은 어려운 부탁을 했다.

"잠시만 독기를 억누른 내공을 풀어 주시겠습니까. 아주 잠시면 됩니다."

진자강이 아무런 이유 없이 단령경이 죽으라고 독기를 풀어 놓으라 할 리 없다.

단령경은 오래 생각하지 않고 고개를 끄덕였다.

"알겠네."

심호흡을 한 단령경이 아주 잠깐 억누르던 독기를 풀어 줬다. 독기가 급격히 날뛰며 퍼졌다. 단령경은 바로 내공을 끌어 올려 독기의 확산을 차단했다.

진자강은 그때에 단령경의 눈 밑이 어스름하게 푸른빛을 띠는 걸 보았다.

이 같은 상태는 일전에도 이미 본 바가 있었다.

'백리권!'

남가촌에서 만난 묵룡 백리권이 그랬던 것이다!

'왜 지금까지 이걸 못 보았지?'

백리권은 스스로가 중독되었는지도 모르고 있었다. 때문에 독을 억누르지 않고 있어서 중독 증세가 나타난 채였다. 그에 비해 단령경은 처음부터 내공으로 독기를 억눌렀다.

마사불과의 싸움에서는 온통 피투성이가 되었으니 이 미묘한 눈가의 기운을 확인할 여유도 없었고…….

진자강의 표정이 심각해 보이자, 단령경이 물었다.

"무슨 일인가."

"아직은 장담할 수 없습니다만……."

진자강이 조심스럽게 말을 이었다.

"아무래도 일전에 남가촌에서 백리권이 중독된 독과 같

은 종류의 독이 아닌가 싶습니다."

진자강은 단령경이 피를 토한 광목천을 받아다가 조금 찍어서 맛을 보았다. 어떤 독인지 입 안에서 한참을 굴려 기억에 새겨 놓았다.

곧 몸이 쑤시듯 아파 오고 허파가 찌르르거리며 가래가 끓었다. 하나 진자강의 생각에 이 정도를 극독이라고 할 수는 없었다.

하지만 희한하게도 이 독은 단령경에겐 치명적으로 작용하고 있다.

잠시 생각하던 단령경이 말했다.

"내가 당한 것은 아마도 당가의 독일 걸세. 하나 그렇게만 생각하기엔 아무래도 묘한 점이 있군."

"어떤 점이 그렇습니까?"

"나는 일전에 망료란 자에 의해 이 독에 중독되었지. 그런데 만일 묵룡이 같은 독에 중독되었다면……."

단령경이 눈을 찌푸렸다.

"의아하지 않은가. 망료란 자는 자기가 묵룡을 중독시켜 죽이려다가 오히려 그를 당가로 데려가 치료했단 말인가?"

단령경의 팔은 백리권에게 당한 것이다. 그 자리에는 망료도 있었다. 둘이 힘을 합쳐서 단령경을 공격했다.

뭔가 기묘한 상황이지 않은가!

"이 독은 아마도 당가에서 흘러나온 듯하네. 망료란 자는 사방에 선을 대어 두고 있으니 당가의 독을 받아 썼대도 이상한 일은 아닐 것이네. 하나 그와 묵룡이 서로 앞뒤에 맞지 않는 행동을 한 것은 분명 이상하군."

"정말로 그렇군요."

진자강으로서는 망료의 의도를 전혀 짐작할 수가 없었다.

"그자가 무슨 생각이든 좋지 않은 일이 벌어지고 있는 건 확실하네. 하나 안타깝게도 지금은 본인의 친구들에게 연락할 방법이 전혀 없으니⋯⋯."

청성파의 영역 안쪽에 들어와 있으니 단령경의 인맥과 정보를 활용할 길이 없었다. 지금은 안전한 상태임과 동시에 외부와 거의 단절되어 있는 상황이기도 한 것이다.

진자강은 망료를 생각하자 기분이 착잡해졌다.

망료는 음흉하고 잔인하며 속을 알 수 없는 자였다.

한데 진자강이 갱도에 갇힌 팔 년 동안 변한 것은 그의 외모뿐만이 아닌 모양이었다.

그에게 팔 년 동안 무슨 일이 있었던 것일까.

무슨 일이 있었기에 강호에서 내로라하는 문파 이곳저곳에 발을 걸치고 이해하기 어려운 짓을 하고 있는 것일까.

＊　　　＊　　　＊

당하란은 누가 보기에도 한눈에 알 수 있을 만큼 굉장한 분노를 표출하며 청성산에 도착했다.

산문의 입구에서 인상이 좋아 보이는 청성파의 제자 한 명이 앞을 막고 도호를 외웠다.

"원시천존. 당하란 소저께서는 잠시 멈춰 주시겠습니까."

처음 보는 얼굴인데도 청성파의 제자는 당하란의 이름을 거론했다. 심지어 당하란은 머리를 틀어 올리고 복장도 남자처럼 입었다. 물론 당가를 대표하는 특유의 녹옥빛 비단옷을 입고 있으니 당씨라는 정도는 알 수 있겠지만, 당하란이란 이름까지 안다는 건 이미 한참 전부터 주목하고 있었다는 뜻이다.

당하란은 걸음을 멈췄다.

청성파의 제자가 포권하며 말했다.

"청성산은 많은 수행자들이 수양을 하는 곳입니다. 화를 누르고 마음을 가라앉혀 주십시오. 지금으로써는 입산이 불가합니다."

이미 심기가 불편한 상태인 당하란은 쉽게 진정하지 못했다. 이를 씹으면서 말했다.

"내가 가겠다는데……."

인상이 좋아 보이던 청성파 제자가 고개를 설레설레 저었다.

"불가(不可)합니다."

"이유도 묻지 않고 축객(逐客)하는 것이 청성파가 추구하는 도입니까?"

"이유를 불문하고 살의를 가진 자는 청성산에 발을 들일 수 없습니다. 그것은 당문에서 당가대원의 내원에 함부로 외지인을 들이지 않는 것과 같은 이치입니다."

당하란은 눈을 감고 억지로 호흡을 해서 화를 가라앉히려 했다.

그러곤 최대한 진정이 된 어조로 말했다.

"이제 됐죠?"

"불가합니다."

그 순간 당하란의 눈에 불꽃이 튀었다.

청성파 제자가 아무렇지 않게 대답했다.

"지금도 아직 살심이 눈에 보입니다."

당하란이 이를 갈았다.

'이런 꼬장꼬장한 도사들이……!'

당하란은 더 화를 가라앉힐 생각은 포기하고 그냥 날이 선 채로 말을 내뱉었다.

"아무래도 안 되겠군요. 나는 도사님처럼 수양이 안 되

어 더 이상은 못하겠으니까, 그럼 도사님이 직접 가서 불러
주시죠."

"누구……를 말입니까?"

"독룡."

당하란이 말했다.

"독룡에게 산동요화를 고치고 싶으면 당장 내려오라고
하세요."

                    *   *   *

진자강은 오후의 수련 중, 청성파의 제자로부터 남쪽 산
문에서 당하란이 만나자고 한다는 말을 전해 들었다.

"제 사견(私見)입니다만, 화가 많이 나 있는 듯 보였습니
다."

"화가 나 있다고요?"

진자강으로서는 당하란이 왜 화가 났는지 모른다. 그것
이 진자강을 향한 것인지 다른 누구를 향한 것인지도 알 수
없다.

운정이 희한하게 생각했다.

"화가 많은 소저인가 봅니다. 저번에 독룡 도우를 보내고
나서도 가만히 있다가 갑자기 화를 내면서 떠나더라고요."

청성파 제자가 물었다.

"가시겠습니까. 원치 않는다면 거절하겠습니다."

진자강은 당장 매일 새벽에 단령경이 피를 토하는 모습을 떠올렸다. 가지 않을 수 없었다. 몸에 흐르는 땀과 실핏줄이 터져 조금씩 배어 나오는 피를 닦으며 대답했다.

"가겠습니다."

운정이 진자강을 만류했다.

"괜찮을까요? 화가 많이 나 있다는데……."

청성파의 제자가 됐다고 말릴 정도면 보통 화가 난 정도가 아닐 터였다.

"선랑께서는 좋아지고 있다 하지만 앞으로 반년은 더 요양이 필요해 보였습니다. 지금도 계속 내장이 손상되어서 매일 속을 손톱으로 쥐어뜯는 듯한 고통이 있을 겁니다."

"아아, 이것 참. 약이든 밥이든 잘 먹어야 낫는데 여기는 좀체 풀밖에 먹을 게 없는지라……."

청성산에서는 원칙적으로 육식을 하지 않는다. 대개의 도문도 불문처럼 채식을 한다.

운정의 말에 소식을 전하러 온 청성파의 제자가 운정에게 눈총을 주었다. 외부인의 앞에서 청성파를 나쁜 투로 말하고 있어서다. 운정은 나이가 어려도 장문인과 사형제간인 복천 도장의 제자이기 때문에 배분이 높은 편이었다. 그래도 자기가 잘못 말한 건 알았는지 눈치를 받곤 입을 다물었다.

"괜찮을 겁니다. 그리고 제겐 당 소저에게 빚이 있으니 그것 때문에라도 가지 않을 수 없습니다."

진자강이 당하란에게 진 빚은 운정 때문에 생긴 빚이다. 청철혈선사를 먹어 치운 빚은 없는 것으로 했지만, 운정이 뒤쫓아오는 걸 막아 주기로 한 데에서 빚을 졌다.

운정이 어색하게 웃었다.

"원시천존. 그때의 인연이 지금은 이렇게 반대가 되어 있으니…… 참으로 인연이라는 것은 예측할 수도 없고, 함부로 예단해서도 아니 되는 묘한 것이로군요."

*   *   *

당하란은…….

여제(女帝)가 되고 싶었다.

자손이 귀한 당가에서는 여자라도 능력만 있으면 가문의 수장이 되고 대업도 맡을 수 있었다. 현 당가의 가주도 당하란의 고모할머니로, 지금이야 비록 당청의 존재감에 묻혀 있으나 그래도 대외적으로는 명실 공히 당가를 대표하는 가주였다.

때문에 당하란도 어렸을 때부터 자신의 손으로 당가를 강호 최고의 세가로 만들어 내는 꿈을 꾸었다.

자라면서 자신의 능력이 그에 부족하다는 걸 알게 되었을 때, 당하란은 잠깐 절망했다. 그러나 자신이 안 된다면 자신의 남편감으로 꿈을 이루면 되는 일이었다.

자신이 남편을 보필하여 당가의 이름을 세상에 떨치면 그 또한 꿈을 이루는 일이 아니겠는가!

사천대당문(四川大唐門)을 일으킨다!

당가의 핏줄이라면 누구나 꿈꾸는 지고한 목적.

당하란은 자신의 손으로 반드시 그 꿈을 이루고 싶었다.

그런데…….

그것을 누구보다도 잘 알고 있는 할아버지 당청이 당하란을 망료에게 맡겨 버렸다.

당하란은 망료에게 당한 모욕을 생각하면 치가 떨렸다. 자신이 무시하고 업신여기던 자와 처지가 뒤바뀌어 버리니 견딜 수 없이 화가 났다.

간혹 당가의 여식들이 정략적으로, 혹은 대를 잇기 위해 원치 않는 혼인을 해야 하는 경우가 있다 하나…… 아무리 그래도 이건 아니었다. 어떻게 시정잡배나 다름없는 망료

같은 자에게 자신의 혼사 전권을 맡길 수 있단 말인가?

심지어 망료는 당하란을 소모품처럼 취급하며 말을 듣지 않으면 나병 환자에게 시집을 보낸다고 엄포까지 놓았던 것이다.

당가에서 염라패는 곧 염왕 당청의 뜻을 의미하고 당청의 뜻은 곧 당가의 뜻.

당하란이 도무지 거스를 수 없는 부분이었다.

하나 방법을 찾아야 했다.

이대로 망료의 농간에 넘어가 망료만큼이나 근본 없는 독룡에게 시집을 갈 수는 없었다.

당하란은 애써 살의를 억누르면서 진자강을 기다렸다.

머잖아 청성파의 제자와 진자강이 함께 나타났다. 진자강은 살짝 다리를 절면서 걸어오고 있었다.

그것조차 마음에 들지 않는다.

진자강은 여자라고 해도 속을 만큼 깨끗한 외모를 가지고 있으나 겨우 그뿐, 한심하도록 평온한 표정과 눈빛을 하고 있었다.

더욱이 당하란이 원하는 배경과 고강한 무공을 갖고 있지 못했다.

당하란의 야망을 담기에는 애초에 자격이 부족했다.

으득, 으득.

당하란은 이를 씹으며 진자강을 노려보았다. 진자강은 당하란의 살기를 눈치챘으나 내색하지 않고 인사했다.

"일전에는 고마웠습니다."

당하란은 대답 없이 진자강을 노려보았다. 살기가 점점 짙어졌다.

"아, 당하란 소저. 여기서 이러시면……."

당하란이 갑자기 한쪽 입꼬리를 올리며 웃었다.

"독룡과 비무를 하고 싶은데…… 그 정도는 괜찮겠죠?"

갑작스러운 얘기였다.

청성파의 제자가 말렸다.

"청성산에서 그런 살의를 갖고 비무를 하겠다는 것은 허락하기 어렵습니다."

"산문 안에서의 살의만 문제 삼았던 것 아닙니까? 밖에서까지 참견하실 셈인가요?"

청성파의 제자가 단호하게 말했다.

"본 파에서 보호하기로 한 손님을 본 파의 지척에서 해치겠다니, 제정신으로 하시는 말씀입니까?"

"사파의 거물을 손님으로 받아들였다? 아아, 청성파의 손님이라는 게 그런 뜻이군요?"

청성파 제자의 얼굴이 붉어졌다. 사파는 무림총연맹의 적이다. 심지어 무림총연맹에 가입하지도 않은 청성파와 사파를 엮어 버리면 청성파로서는 굉장히 곤혹스럽게 된다.

"원시천존! 본 제자의 말은 그런 뜻이 아니라……."

그때 복천 도장이 나타났다.

"여기는 내가 맡지."

복천 도장은 평범한 철검 한 자루를 뒷짐 진 손에 들고 휘적휘적 산길을 걸어 내려왔다. 느긋한 걸음인 것 같은데 눈 깜짝할 사이에 벌써 이들의 앞까지 와 있었다.

"엄밀히 말하자면 저들은 손님이 아니라 잠시 몸을 의탁하고 있는 게지. 큰 부상을 입고 왔으니 옛정을 생각해서라도 잠시 보살피는 것이 인지상정."

"의탁하고 있으니 손님이 아닙니까?"

"청성은 환영하지 않는 과객을 손님으로 대접할 만큼 도량이 넓지 못해. 그런 의미에서는 자네 역시 손님이 아니지."

말을 하던 복천 도장이 슬쩍 웃었다.

"약속을 지키라 독촉하러 왔는가?"

"그렇습……."

당하란은 말을 하다 말고 입을 다물었다. 자신이 생각한 건 진자강과의 약속이었으나, 복천 도장이 한 약속은 혼례를 주관해 주겠다는 약속이었다.

복천 도장이 말한 약속은 후자다.

당하란이 인상을 썼다.

"지금 같은 상황에 농이 지나치십니다?"

"농이라니. 내 지난번에 분명히 확인한 적이 있거늘."

"도장의 제자에게는 관심 없습니다!"

"그건 그때 이미 들었고."

당하란의 얼굴이 확 달아올랐다.

복천 도장이 마차를 보며 당하란에게 물었다.

당가에서 자신의 제자에게 관심이 있느냐고. 당연히 당하란은 관심이 없다 대답했다.

그러면 마차에는 편복과 진자강밖에 남지 않는다.

당연히 나이가 많은 편복은 아닐 테고, 그럼 남은 사람이 누구이겠는가!

당하란은 당황해서 복천 도장을 쳐다보았다.

도대체 복천 도장이 무슨 얘기를 하고 있는 것인지!

하지만 복천 도장은 담담한 얼굴로 가만히 당하란을 마주 보다가 말했다.

"쓸데없이 세상을 오래 살았더니 보지 말아야 할 것, 몰라야 할 것, 알고 싶지 않은 것도 굳이 보이더군. 빈도가 한마디만 하지."

듣고 싶지 않았다. 그러나 당하란은 그가 무슨 말을 할지 궁금해 듣지 않을 수가 없었다.

복천 도장이 나지막하게 타이르듯 당하란에게 말했다.

"후회할 짓 하지 말게. 정 해야겠거든 후회하지도 말게."

당하란은 왠지 복천 도장의 말이 심하게 거슬렸다.

"그런 일은 절대 없습니다. 청성은 자파의 권역이 아닌 곳에서조차 간섭이 너무 심하군요. 제자들끼리의 단순한 비무에도 그리 개입하십니까?"

복천 도장은 천천히 고개를 가로저었다.

"노파심이라 치지. 하나 어떤 식으로든 살생에는 동의할 수 없네. 본 파의 권역이든 아니든 눈앞에서 사람을 해치려는 걸 그냥 보고 넘어갈 수는 없지 않은가? 그리고……."

복천 도장이 진자강을 돌아보았다.

"너는 비무에 동의하였느냐?"

진자강은 아직도 자신을 향해 적개심과 살의를 뿜어내고 있는 당하란을 바라보며 말했다.

"동의한 적 없습니다. 하지만 당 소저에게는 한 가지의 빚이 있습니다. 만일 그 빚을 갚으라고 한다면 비무에 나서야겠지요."

복천 도장의 얼굴이 살짝 찌푸려졌다.

"빚이라는 건 강호에선 아주 좋지 않은 말이지. 섣불렀군."

"운정 도사를 이길 수가 없어서 당 소저의 도움을 받았습니다."

"……."

천하의 복천 도장도 운정의 얘기가 나오자 잠깐 당황했다.

복천 도장은 아주 길게 한숨을 내쉬었다.

진자강을 대읍에서 나가는 걸 감시하라는 쉬운 임무를 맡아서 나간 운정이었다. 밖의 경험이나 쌓으라고 보낸 일이었다.

그런데 진자강을 도와 아미파의 고승을 공격하지 않나, 사파의 대모격인 단령경을 청성파로 데려오질 않나…… 그 짧은 시간에 사고란 사고는 다 치고 다닌 것이다.

"이것도 업보이고, 천존께서 돌보는 연이겠지."

복천 도장으로서도 더 할 말이 없어진 듯했다.

"쌍방이 비무에 동의한다면 내가 참관인이 되어 주도록 하지."

당하란이 진자강에게 손가락질을 했다.

"어서 동의해."

진자강은 당하란에게 호의와 의아함을 동시에 가지고 있었다. 그러나 빚을 진 이상, 그것을 갚아야 한다고는 생각했다.

"이것으로 빚을 갚게 되는 겁니까?"

"아니."

당하란이 작은 약병을 들어 보였다.

"나를 이겨야 이 해독약을 얻을 수 있게 될 테니까."

진자강은 잠시 당하란을 바라보다가 복천 도장에게 물었다.

"비무는 어떻게 해야 합니까?"

"특별한 규칙은 없다. 규칙이든 비무에 걸 조건이든 둘의 합의만 있으면 된다."

"다치게 하면 어떻게 됩니까?"

"당연히 다치기도 하고 죽을 수도 있지. 하지만 비무의 본질은 서로의 무공을 겨루는 것이다. 목숨을 빼앗기보다는 적당한 선에서 손을 멈추는 것이 예의다."

당하란이 외쳤다.

"무제한! 그게 그쪽도 편하지 않겠어?"

복천 도장의 눈살이 찌푸려졌다. 그래서 한마디 하려는데 갑자기 옆에서 서늘한 기운이 풍겨 왔다.

진자강이 그동안 닫고 있던 감정을 서서히 드러내며 당하란에게 집중하고 있는 것이다.

"그게 낫겠군요. 저도 적당한 선이라는 걸 잘 몰라서."

당하란은 기가 차다는 듯 비웃음을 내뱉었다.

"하, 내게 상대가 될 거라고 생각해서 그러는 건가?"

"아뇨. 적당히 해서는 이길 수 없는 상대라서 그렇습니다."

당하란은 허를 찔린 듯 말을 잃었다.

"그런데도 내게 덤비겠다고? 아무런 이유도 묻지 않고?"

"방금 소저가 말하지 않았습니까. 해독약을 받기 위해서 입니다만."

당하란은 울컥해서 다시금 화가 치밀었다. 자신이 감정적으로 난동을 피우고 있는데도 진자강은 전혀 이유를 묻지 않고 있었다. 그게 더 마음에 안 들었다.

이유를 묻는다면 뭐라도 말을 해 줄 수 있었다. 왜 그러느냐고 물으면 자신의 답답한 심정을 한 번쯤 토로해 볼 수도 있을 법했다.

그런데 아무것도 묻지 않는다. 죽이겠다는데도 죽이라고 배짱을 부리고 있다.

운정에게조차 당하고 있는 걸 보았으니 본인의 실력이야 뻔한데도!

오로지 해독약에만 관심이 있는 건가?

해독약에만!

내가 아니라 해독약에만!

답답해서 미칠 것 같은 당하란의 심정이 내공을 끌어 올리는 행동으로 표출되었다.

부우웃!

눈썹이 치솟으며 옷깃들이 자르르 떨었다. 그랬다가 순식간에 잠잠해졌다. 당가의 내공심법이 일으키는 특유의 반응이다. 내공의 영향이 외부로 크게 드러나지 않고 안으로 침잠하는 형태다.

당하란은 이를 갈면서 말했다.

"언제까지 건방지게 굴 수 있는지 두고 보자."

따악!

당하란이 허리춤에서 채찍을 뽑아 들어 바닥을 쳤다.

무너진 꿈.

진자강 때문에 자신이 이제껏 가문에 바쳐 온 충성은 한순간에 보잘것없는 것이 되고 말았다.

분노가 치솟는다.

진자강이 밉다!

第六章

폭풍전야

따악! 딱!

당하란은 여섯 자 길이의 채찍을 위협적으로 휘둘러 바닥을 쳤다. 채찍의 끝에는 삼각형 모양의 추가 달려 있는데 생각보다 아주 길지는 않다. 팔을 뻗으면 일곱 자에서 여덟 자가량.

성인 남자라면 한달음에 달려들 수 있는 거리다.

물론 그 안에 채찍을 맞지 않아야 한다는 조건이 필요했다. 당하란이 채찍으로 바닥을 치는 동안 바닥에 깔린 돌들이 움푹움푹 파이는 게 보였다.

아무리 잘 봐줘도 진자강의 피부가 돌보다 강하지는 않

을 것이다. 한 대만 맞아도 심각한 부상을 입을 터였다.

하여 진자강은 미리부터 광혈천공을 일으킬 수밖에 없었다. 광혈천공으로 내공을 불리고 옥허구광 오뢰합마공으로 내공을 천천히 인도했다.

그간의 수련이 헛되지 않아 진자강은 하나의 둑을 더 쌓을 수 있었다. 바로 오른쪽 발바닥의 가운데 용천혈(湧泉穴)이다.

"후욱. 후욱."

진자강은 단령경의 조언대로 호흡을 급하게, 혹은 느긋하게 조절하면서 내공의 움직임을 제어했다. 무조건 느리거나 빠르게 한다고 조절이 되는 게 아니라 강약을 조절하는 게 더 중요하다는 걸 알았다.

이어 내공을 두 갈래로 갈라 심장의 중단전과 오른발바닥의 용천혈로 인도했다. 거세게 날뛰는 내공 두 줄기를 동시에 조정해야 하는 일인데, 그 와중에 와류충제까지 일으켜야 하니 정신이 하나도 없었다. 언제 어디로 튈지 모르는 개구쟁이 아이 둘을 돌보는 것과 비슷한 일이었다.

그런데 옥허구광은 이런 내공을 아홉 갈래로 나누어 조정하는 경지인 것이다. 그러면서 각각에서 다섯 개의 와류충제를 일으킨다.

그것은 그야말로 고도의 정신 수양이나 깨달음이 없이는

불가능한 경지라고 할 수 있었다.

하나 진자강은 지금 상태에서도 만족하고 있었다.

겨우 둑 하나가 더 생겼을 뿐인데도 굉장히 안정적으로 내공을 운용할 수 있었다.

내공이 진자강의 몸을 돌고 가속화하면서 세맥에 쌓였던 기운들이 딸려 나와 내공을 불리는 데 일조했다. 작은 물줄기가 모여 거대한 황하를 이루듯, 내공이 급속도로 불었다.

예전의 진자강이라면 오래 버티지 못하고 바로 내공을 분출해야 했을 터였다. 그러나 지금은 내공을 둘로 나눠 보낸 덕에 훨씬 더 큰 내공을 일으키면서도 몸의 부담이 적다. 지속적으로 내공을 운용할 수 있는 여지가 생긴 것이다.

그렇다고 기혈이 멀쩡한 것은 아니다. 지금 이 순간에도 툭툭 터지고 파열될 기미가 보인다. 옥허구광의 아홉 개 둑을 모두 쌓기 전까지는 어쩔 수 없는 일일 것이다.

하나 그런 진자강을 보는 당하란의 눈빛은 싸늘했다.

"겨우 사마외도의 수법에 의지하는 주제에."

옆에서 복천 도장이 참견했다.

"아아, 비무 중에 미안하네만, 저것은 도문에서 전래하는 합마공의 일종일세? 독룡이 썼다고 해서 사마외도의 수법으로 치부해 버리면 곤란하지."

당하란이 황당해하며 복천 도장을 곁눈질했다.

"참관인이 비무 중에 끼어드는 것도 곤란한 일 아닌가 요?"

"언제든 잘못된 생각은 정정할 필요가 있는 일일세."

"그것참 고맙네요."

날 선 당하란의 말투에도 복천 도장은 담담했다.

"천만(千萬)에."

진자강의 입장에서는 신기한 일이었다.

복천 도장이 개입한 이유를 알 수 없었다. 옥허구광 오뢰합마공이 청성파의 손을 탓기 때문에 굳이 지적하고 넘어간 것일까?

어쨌거나 진자강에게는 그게 더 도움이 되었다.

당하란이 더 화가 난 때문이었다. 진자강은 상대의 이성을 잃게 해 허점을 노리는 방법을 자주 쓴다. 한데 이번엔 그것을 복천 도장이 대신해 줬으니 고마운 일일 수밖에.

당하란이 먼저 한 걸음을 나왔다.

부웅, 가볍게 휘저은 당하란의 팔을 따라 느리게 출발한 채찍의 끝이 뒤늦게 따라오더니 말미에 이르러서는 속도가 급변했다. 진자강은 눈을 부릅뜨고 피할 기회를 찾았다. 채찍을 상대하는 것은 처음이라 움직임을 파악하기 위해서였다.

그러나 마지막 순간에 채찍 끝이 빛처럼 변하더니 눈앞에서 완전히 사라졌다.

진자강은 급히 반걸음을 물러섰다.

짜악!

내공이 안력을 높여 주고 있음에도 전혀 보이지 않았다. 채찍이 허공을 치고 이미 돌아간 때에야 추가 보였다.

엄청난 빠르기다. 정점에 이르렀을 때에는 그 어떤 칼이나 암기보다도 더 빨랐다.

"지금은 한 번 봐준 거야!"

주륵, 진자강의 콧등에서 피가 흘렀다. 분명히 맞지도 않았는데 공기를 가르는 충격만으로도 콧등이 가로로 갈라졌다.

당하란은 다시 제자리에서 원을 그리며 채찍을 휘둘렀다. 팔이 전부 뻗어진 후에야 날아오는 채찍은 매우 느리게 보였다.

하나 그때 진자강은 당하란이 어깨를 앞으로 내미는 것을 보았다. 아까와 같은 거리지만 어깨를 내민 만큼 거리가 좁혀졌으리라. 진자강은 바로 몸을 옆으로 뉘었다. 채찍의 끝에 달린 추가 당하란의 손끝과 같은 수직선상에 있을 때였다.

짜악!

진자강의 머리가 있던 부분을 채찍이 치고 돌아갔다. 추가 날아오기도 전에 피했는데 이미 머리카락이 잘려 흩날렸다.

당하란이 채찍을 회수했다가 바로 다시 날렸다. 진자강은 허리를 옆으로 틀었다.

부욱!

가죽 찢어지는 소리가 나며 공기가 갈렸다. 허공에 보이지 않는 칼날이 생성되어 긋고 지나간 것 같았다. 하지만 거기서 끝이 아니다.

이번에도 마지막 순간에 채찍이 지나가는 걸 보지 못했다. 그런데 어느새 채찍이 진자강의 얼굴 옆을 길게 지나간 후다.

당하란이 손목을 틀면서 당겼다.

진자강은 바로 바닥을 굴렀다.

따악!

공기가 파열되는 소리와 함께 추가 당하란에게로 되돌아갔다.

진자강은 귀를 매만졌다. 귓바퀴가 찢어져서 피가 흐르고 있었다.

분명히 당하란의 손목을 움직이는 걸 보자마자 행동했는데도 당한 것이다.

소리보다 추가 움직인 속도가 더 빨랐다. 보고 피했을 때 이미 추가 되돌아가고 있었다는 뜻이다.

당하란이 피식 웃었다.

"채찍은 처음인가?"

진자강은 순순히 수긍했다.

"그렇습니다."

"그럼 조금만 더 맛보게 해 줄까?"

"아뇨. 됐습니다."

단번에 거절당하자 당하란은 인상을 쓰며 다시 채찍을 돌렸다.

진자강은 눈을 깜박이지도 않고 채찍의 움직임을 주시했다.

당하란이 어깨 위에서 작은 원을 그리며 팔을 돌리면 긴 손잡이가 중심이 되어 채찍이 달팽이의 껍질처럼 원을 그리며 돈다. 손잡이 쪽 채찍은 작은 원을 그리고 위로 갈수록 큰 원을 그린다.

그때 당하란이 어깨를 내리면서 노를 젓듯 팔을 움직이면 비스듬한 타원을 그리며 채찍이 풀려 나오는 것이다. 채찍은 옆에서 후려치는 것처럼 크게 원을 그린다. 이때가 최대의 원을 그릴 때다.

그러나 그 원의 궤적은 순식간에 작아져서 추가 창을 찌르듯이 쏘아져 온다.

이번에도 마지막 순간 채찍의 움직임은 보지 못했다. 진자강은 이미 당하란이 팔을 끝까지 뻗어 휘두른 때에 몸을 피하고 있었다. 하지만 역시나 피하기가 쉽지 않았다.

파앙!

이번엔 귓가 가까운 곳에서 파공음이 크게 일었다.

삐이이이…….

갑자기 사물이 흔들리며 이명이 울렸다.

고막이 터진 것이다.

진자강은 자기도 모르게 한쪽 무릎을 꿇었다. 진자강은 자세를 잡고 고개를 흔들어 털었다.

당하란도 진자강이 고막이 터졌다는 걸 알았다.

"그대로 양쪽 무릎을 터뜨려서 영원히 무릎을 꿇게 만들어 주지!"

진자강은 눈을 크게 뜨고 다시 당하란의 움직임을 눈에 담았다.

머리 위로 그리는 작은 원. 채찍이 그리는 여러 개의 원, 앞으로 노를 젓는 동작, 이어 그 동작을 따라 최대의 원을 그리는 채찍. 이어 낮게 날아오는 채찍의 추.

그것이 진자강의 무릎을 향하고 있음은 분명했다.

진자강은 오른쪽 용천혈에 내공을 집중해 땅을 박찼다. 내공을 뿜어내며 폭발적인 추진력을 얻었다.

채찍이 어떤 궤적을 그리던 간에 제대로 타격을 하는 최종 지점에 이르면 점이 된다.

그 점을 피해 당하란의 품으로 파고든다!

따악!

진자강의 무릎이 있던 곳을 채찍이 헛쳤다. 진자강은 채찍의 끝을 뛰어넘어 당하란에게 달렸다. 채찍이 돌아가서 돌돌 말렸다가 다시 뻗어지는 데까지 다소의 시간이 필요하다는 걸 방금 본 터였다.

그러나 당하란은 하수가 아니다. 당하란은 살짝 몸을 낮춰서 비틀었다가 뒤로 몸을 빙글 돌리며 뛰었다. 진자강이 달려드는 만큼 다시 거리가 벌어졌다.

당하란은 뒤로 뛰면서 이미 몸을 회전시키고 있었으므로 굳이 채찍을 돌리기 위해 원을 만들 필요가 없었다. 당하란이 공중에서 다리를 위아래로 벌리고 몸을 앞으로 한 채 손을 쭉 뻗었다. 군더더기 없이 매우 미려한 동작이었다. 채찍은 당하란의 몸을 휘감듯이 돌았다가 앞으로 재차 뻗어졌다.

진자강도 땅을 딛자마자 뛰어 몸을 앞으로 뉘여 땅과 수평으로 만든 후 팽그르르 돌았다.

채찍이 진자강의 몸 아래를 훑고 스쳐 지나갔다.

당하란이 착지했다가 옆으로 뛰면서 크게 몸을 회전시켰다. 회수된 채찍이 쉴 틈도 없이 날아왔다. 진자강은 바닥에 그대로 떨어지며 몸을 더 낮춰 지면에 붙었다.

등허리 위로 채찍이 지나가며 공기를 부욱 찢어발겼다.

당하란이 양다리를 벌린 채로 계속 껑충껑충 옆으로 돌면서 채찍을 회수했다가 쏘아 내기를 반복했다. 진자강을 가운데 두고 원을 그리며 공격하는 것이다.

진자강은 바닥을 굴렀다가 내공을 팔에 싣고 바닥을 밀어서 위로 떴다. 배 아래로 채찍이 쓸고 지나가며 바닥에 뱀이 지나간 듯한 흔적을 남겼다.

당하란은 정신없이 몰아쳤다. 진자강이 우마(牛馬)나 되는 것처럼.

진자강의 몸에는 채찍이 전혀 닿지 않았는데도 옷이 찢기고 베인 흔적들이 남았다. 여기저기 피가 튀었다.

이대로 계속 공격을 당하면 진자강이 먼저 힘이 떨어지는 건 자명한 일이다. 진자강이 끌어 올렸던 내공의 수레바퀴가 거세져서 더 막기 힘들어질 때가 되기도 했다.

진자강은 발을 차며 뒤로 거꾸로 공중제비를 넘어 채찍을 피했다. 그러면서 내공을 모아 분수전탄을 발출했다.

분수전탄은 다소 예상하기 힘든 궤도로 날아가는 지풍이다. 진자강은 원을 그리는 축이 되는 당하란의 발, 발등을 노렸다. 당하란이 급히 발을 뒤로 빼면서 다소 중심이 흐트러졌다.

첫 번째로 일으킨 광혈천공이 끝나자 진자강은 몸에 격통이 찾아왔으나 곧바로 두 번째 호흡으로 광혈천공을 일으켰다. 용천혈에 내공을 집중해 발을 박차면서 당하란과의 거리를 좁혔다.

순식간에 당하란과의 품까지 파고든 진자강이었다. 확실히 예전에 제갈연과 싸웠을 때하고는 달라졌다. 비록 우반신뿐이지만 내공이 뒷받침되니 공격을 보고 대응하는 일이 가능해졌다. 몸놀림도 몇 배나 빨라졌다.

그러나 진자강은 순간 아차 싶었다.

당하란은 이번엔 아예 채찍을 휘두르지 않고 기다리던 중이었다. 진자강이 달려올 거라는 걸 예측했다는 듯.

당하란은 손에서 채찍을 미끄러뜨렸다. 채찍의 손잡이는 두 뼘 정도의 길이로 일반적인 도검보다 긴 편이었다. 그러더니 손잡이의 윗부분을 잡고 아랫부분으로 진자강을 찍었다.

퍽.

진자강은 왼쪽 어깨 뒤쪽을 맞고 잠깐 몸의 중심이 아래로 쏠렸다. 당하란은 진자강의 등에 자신의 등을 대고 구르듯 넘어가면서 진자강의 목에 채찍의 손잡이를 걸었다.

당하란이 한 바퀴를 돌아 착지하자 그 힘으로 진자강은 똑같이 한 바퀴를 돌아 허공을 날았다.

쿠웅!

진자강은 바닥에 대자로 뻗었다. 전신에 전해지는 충격에 등골이 부서진 듯했다.

당하란이 별다른 힘도 들이지 않고 진자강을 눕힌 것이다. 당하란은 일어서서 진자강의 등을 무릎으로 밀어 상체를 세우게 하면서 목에 걸은 손잡이를 바짝 당겼다.

"큭."

진자강은 앉은 채로 목이 졸린 상태가 되었다.

"뭐지. 이게."

당하란이 실망스러운 투로 말했다.

"겨우 이런 실력으로……."

겨우 이런 실력으로 나를 넘볼 수 있을 것 같냐는 말이 목까지 나오다 말았다.

어차피 진자강은 혼사에 관한 일을 모른다. 말해 봤자 소용이 없다.

그냥 이대로 채찍의 손잡이를 비틀어 당기면 진자강은 목뼈가 부러져 죽을 것이다.

염왕 당청에게 처음으로 거스르는 일이 될 것인가!

당하란은 독룡이 생각보다 더 한심하다고 생각했다.

자신이 전력을 다하지도 않은 몇 수에 목이 걸려 죽음을 기다리고 있다. 영봉과 묵룡, 마사불과 싸워 이겼다는 게 믿겨지지 않는다.

그런데 이 독룡을 당청이 자신의 배필로 인정했다고?

이대로 독룡을 죽여 버리고 당청에게 새로 가치를 판단 받거나, 아니면 망료가 시키는 대로 나병 노인에게 시집을 가서 자결해 버리는 쪽이 나을 것이다.

이렇게 하찮은 자와 혼인하기 위해 이제껏 당가를 위해 일한 게 아니다. 힘들고 모진 수련을 버텨 낸 게 아니다.

당하란은 자존심이 크게 상해서 손에 힘을 주었다.

"인정 못 해! 나는……!"

그러나 당하란은 채찍의 손잡이를 완전히 당길 수는 없었다.

독룡의 눈빛.

지난번 운정을 막을 때 보았던 독룡의 눈빛이 떠오른 때문이었다.

"나는…… 나는!"

괜히 기분이 이상해졌다.

조금만 더 힘을 주면 독룡이 죽는데, 그럴 수가 없었다. 그건 당청 때문인가, 아니면 다른 어떤 이유 때문인가?

심경이 복잡해진 당하란이 무엇이라도 해답을 찾기 위해 으르렁대듯 낮은 목소리로 진자강에게 말했다.

"말해…… 이게 당신 실력의 전부야? 정말로 이게 다라 면 이대로 죽여 버리겠어!"

당하란이 가죽을 꼬아 만든 손잡이를 조금 더 강하게 당겼다. 무릎으로 진자강의 척추뼈를 밀어서 바로 목이 부러지진 않아도 심하게 목이 졸리게 만들었다.

그때 진자강이 손을 위로 뻗었다. 당하란의 눈을 손가락으로 찌르려 했다.

"감히!"

당하란이 허리를 뒤로 빼면서 무릎을 올려 진자강의 뒷목을 눌렀다. 머리가 앞으로 눌린 진자강의 팔이 더 이상 올라오지 못했다.

그러나 대신 당하란의 반대쪽 종아리가 따끔해졌다. 위를 공격하는 척하면서 주축이 되는 반대쪽 다리를 침으로 찌른 것이다.

분노한 당하란은 팔 힘으로 진자강을 들어 올렸다. 채찍의 손잡이를 진자강의 목에 건 채로 들어서 던졌다.

"이야아아!"

진자강은 내던져지면서도 몸을 돌려 자세를 바로잡았다. 바닥을 한 바퀴 구르고 무릎으로 땅을 디디며 튕겨 일어섰다. 그리고 동시에 양손에서 침을 다섯 발이나 던졌다.

슈슈슉.

비선십이지!

당하란은 양손으로 채찍의 좌우를 잡고 팽팽하게 펼쳤

다. 채찍의 줄에 진자강의 침이 모두 걸렸다.

당하란은 종아리에서 침을 뽑은 후 씩씩거렸다.

"할 줄 아는 거라곤 비열한 꼼수뿐인가? 이런 자가……
이런 자가……!"

자세를 잡은 진자강이 목을 좌우로 움직여 우득 소리를
내면서 물었다.

"아까부터 자꾸만 중간에 말을 끊던데, 도대체 하고 싶
은 말이 뭡니까?"

당하란은 대답하지 않았다. 아니, 대답하지 못했다. 당가
에서 자신을 독룡과 혼인시키려 한다는 사실을 어떻게 자
신의 입으로 말할 수 있겠는가!

그런데 갑자기 진자강이 복천 도장을 쳐다보았다.

진자강이 복천 도장을 보며 되물었다.

"예?"

기분 탓인가? 진자강의 표정이 다소 당황스러운 듯 보인
다.

당하란은 가슴이 덜컥 내려앉았다.

아무래도 복천 도장이 전음으로 무슨 말인가를 한 것 같
았다.

당하란은 얼굴이 빨개지고 눈이 휘둥그레져 복천 도장을
쳐다보았다.

복천 도장은 당하란에게 혼사를 주관해 준다느니 어쩌고 했던 사람이다. 그가 만약 진자강에게 엉뚱한 소리를 했다면?

"비무 중에 무슨 말을 하는 거예요! 그만, 제발 좀 그만!"

"으응?"

복천 도장이 뚱딴지같은 소리냐는 듯 어리둥절해 했다.

"빈도는 아무 말도 하지 않았다네?"

하지만 그 표정이 당하란에게는 더없이 가증스러워 보였다.

그 순간 바람이 일었다.

당하란은 순식간에 내공을 끌어 올리며 채찍을 휘둘러 몸을 보호했다. 침 몇 자루가 튕겨져 나가고, 채찍에 진자강이 휘두른 단도가 걸렸다.

당하란이 채찍에 내공을 주입하자 채찍의 줄을 덮고 있던 매끄러운 비늘이 갑자기 거꾸로 일어섰다.

좌라락!

그 상태에서 당하란이 채찍을 당기자 비늘에 걸린 진자강의 단도가 걸려서 튕겨 나갔다. 내공을 빼자 다시 비늘이 조용히 덮였다. 채찍에 걸린 게 단도가 아니라 사람의 살이었다면 고스란히 찢겨 나갔을 터였다.

복천 도장이 태연하게 감탄했다.

"과연. 당가의 신병이기(神兵利器). 그것이 힐린편(頡鱗鞭)이구먼."

힐은 전설 속에 나오는 기괴한 짐승으로 생김이 개와 같고 몸에 비늘과 돼지의 털이 나 있다. 실제 당가에서 힐을 잡아서 만든 것인지는 모르지만 전설상의 짐승 비늘로 만들었다는 말을 할 만큼 대단한 병기라는 뜻이다.

하나 당하란은 복천 도장의 말 한 마디 한 마디가 신경에 거슬렸다. 그가 진자강에게 무슨 말을 했을지 몰라 집중이 안 되고 산만하다.

그사이 진자강은 바로 단도를 놓고 몸을 아래로 낮춰서 다가섰다.

당하란은 깜짝 놀라서 발로 진자강을 차려 했다. 진자강은 숨을 들이쉬고 기다리다가 콧등의 상처에서 코끝을 타고 흘러내리는 핏방울을 힘껏 불었다.

훅!

당하란의 눈에 진자강의 핏방울이 튀었다. 당하란은 고개를 뒤로 피하면서 진자강을 힘껏 발로 찼다.

한데 어찌 된 일인지 왼쪽 발이 뻣뻣하여 제대로 몸이 움직이지 않았다.

'아차!'

진자강이 종아리에 침을 찔러 넣었던 게 기억났다.

진자강의 별호는 독룡.

그가 침을 꽂으면서 독을 쓰지 않을 이유가 없었다.

설마 당가의 사람에게 독을 쓸까 방심한 탓도 분명 있었지만, 그 뒤에 진자강이 자꾸만 말을 붙이고 복천 도장이 당황하게 해서 무심코 잊고 넘겼던 것이다.

진자강의 행동은 분명 고의적이었다. 독이 퍼질 때까지 정신을 차리지 못하게 하기 위해서.

당하란은 당가의 호흡법으로 빠르게 약독(弱毒)시켰다. 약독은 독기를 억누르는 데 그치는 게 아니라 아예 독성 자체를 약화시키는 당가의 고유 수법이다. 어렸을 때부터 독에 대한 저항력을 키우고 그에 걸맞은 내공심법을 익혀야 가능하다.

그러나 정신이 산만해서 집중이 되지 않았다. 내공을 운용하는 건 고도의 집중이 필요한 일이다.

당하란이 우물쭈물하는 사이 진자강이 바싹 붙어서 무릎으로 당하란의 발등을 눌러 고정시키고, 오금을 당겼다.

당하란이 휘청거리면서 뒤로 엉덩방아를 찧었다.

당하란은 아예 일어나길 포기하고 허리 힘으로 상체를 세운 채 양손을 들어 올렸다. 이 손을 합장하듯이 쳐서 진자강의 머리를 양옆에서 때리면 진자강의 머리는 수박처럼 터져 나갈 것이다!

하지만 당하란은 그러지 못했다.

진자강의 얼굴이 너무 가까워져 있었다.

진자강의 눈빛.

이글거리고 타오르는 야수의 눈빛.

당하란은 일순간 멍했다.

바로 저 눈빛이다.

꿈에서까지 나타났던.

진자강의 저 눈빛은 소름 끼치도록 섬뜩했다. 일전에 보았던 그대로, 그때의 눈빛 그대로였다. 당하란에게 큰 울림을 주었던 야생의 눈빛 그것.

그런데 당하란은 지금 그 눈빛이 너무 섭섭했다.

'왜!'

당하란은 이를 악물었다. 진자강의 머리를 쳐 버리면 뒷일은 어떻게 되든 다 끝난다. 진자강의 머리가 터져 나간다는 건, 진자강이 죽는다는 뜻이다.

분명히 죽일 수 있는 기회가 오면 죽여 버리려고 마음을 먹었는데 계속해서 당하란은 망설여졌다.

당하란은 자기가 망설이는 것이 할아버지인 당청의 명령 때문이라고 억지로 자신을 이해시켰다.

하지만 당하란이 진자강을 공격하지 못하고 팔만 치켜든 사이, 진자강이 당하란의 허벅지를 침으로 찍고 복부를 찍으며 타고 올랐다.

당하란이 팔을 든 탓에 노출된 겨드랑이까지 연이어 침으로 찍었다. 겨드랑이는 위험한 혈들이 있어 공격당하면 아예 팔을 쓰지 못하게 된다.

"아악!"

당하란은 왼팔 겨드랑이를 찍히자 자기도 모르게 힘껏 우장을 내려쳤다. 진자강은 당하란의 몸에 바싹 붙어서 왼쪽 어깨를 아예 내주는 식으로 대었다.

퍼엉!

너무 가까워서 당하란의 우장이 제대로 힘을 받지 못했다. 하지만 당하란의 내공이 워낙 깊은지라 진자강의 어깨가 순식간에 탈구되어 왼팔이 덜렁거렸다. 굉장한 위력이었다. 진자강은 옆으로 튕겨지다가 당하란의 옷을 잡고 버텼다.

상처 입은 진자강의 눈빛은 더욱 사나워졌다. 거리가 벌어지면 채찍을 당하기 어려우니 끝까지 붙어서 싸워야 했다.

진자강은 바닥을 기어 당하란의 턱을 들이받았다. 당하란이 고개를 황급히 틀었다. 진자강의 머리가 당하란의 뺨을 치고 지나갔다.

"윽!"

당하란은 얼굴이 붉어졌다.

아무리 그래도 이렇게까지 남자와 몸을 붙이고 있던 것은 처음이었다. 아니, 통상의 다른 남자였다면 그냥 머리를 터뜨려서 짓이겨 버렸을 것이다.

바로 붙어 있어서 진자강의 체온과 뜨거운 숨이 고스란히 느껴졌다.

당하란은 일순 공황 상태에 빠졌다.

진자강은 반쯤 주저앉은 채인 당하란의 위에서 몸을 일으켜 팔꿈치로 당하란의 어깨를 찍었다. 당하란은 몸을 틀어 피했다. 진자강은 손으로 당하란의 목을 누르려 했다. 당하란이 오른팔을 들어 진자강의 손을 차단했다.

둘 다 왼손을 쓸 수 없었고 너무 붙어 있어서 다리로 찰 수도 없었으므로 오른팔만으로 치열하게 금나수를 펼치기 시작했다.

타탓, 탓.

손이 얽히고 손가락의 마디가 부딪쳤다. 당하란이 진자강의 새끼손가락을 쥐고 비틀려 했다. 진자강은 운정에게 배운 대로 첨련점수를 통해 당하란의 의도를 읽었다. 새끼손가락을 빼내고 검지와 중지로 당하란의 손바닥을 찔렀다. 당하란이 손을 오므렸다가 손목을 털듯이 휘저으며 손날을 빠르게 그었다. 진자강의 중지 손톱 끝이 당하란의 손날에 잘려 나갔다.

진자강은 당하란의 손목 바로 아래를 잡고 꺾었다. 당하란이 손목을 흔들어 진자강의 손목을 떨쳐 냈다. 진자강은 당하란의 손목을 팔꿈치로 눌러서 당하란의 목까지 밀었다.

"큭!"

당하란을 내려다보는 진자강의 눈은 매서웠다.

'왜!'

당하란은 목울대가 눌려 부러질 것 같자 옆으로 고개를 틀어 숨통을 겨우 틔웠다. 정강이에 이어 허벅지, 허리, 겨드랑이까지 연속으로 독침을 맞은 탓에 몸을 움직이기가 굉장히 힘들었다. 이런 진흙탕 싸움 같은 걸 해야 할 줄은 꿈에도 생각하지 못했다.

진자강이 당하란의 옆머리를 머리로 받았다.

놀란 당하란이 내공을 힘껏 끌어 올려서 팔로 밀쳐 냈다.

확!

진자강은 두어 걸음이나 밀려나 비틀거리다 중심을 낮춰 자세를 바로 했다. 당하란을 노려보는 살벌한 눈빛은 더욱 심해졌다.

바로 저 눈빛을 원했던 것인데, 당하란은 그 눈빛이 반가 우면서도 가슴이 서늘해졌다.

'왜!'

당하란도 겨우 일어났지만 속이 울렁거리고 머리가 멍해졌다.

자신을 바라보는 진자강의 강렬한 눈빛만이 눈에 들어왔다. 다른 건 아무것도 보이지 않았다.

갑자기 눈물이 났다.

"아······!"

당하란은 그 눈물의 의미를 깨닫고 스스로도 놀라 아연실색했다.

왜 자기가 지금 진자강을 보며 섭섭해하고 있는지를 자각해 버렸다.

진자강이 하고 있는 저 눈빛은 사냥감을 앞에 둔 야수의 눈빛. 강호의 도의고 정치적인 공생 관계고 다 필요 없이 그저 눈앞의 사냥감을 씹어 먹어 버리겠다는 의지가 담긴 눈빛이다.

그 눈빛이 자신을 향해 있다.

그래서 섭섭한 것이다.

저런 눈빛으로 자신과 함께 사냥을 나서 주었으면 했는데, 오히려 사냥 대상이 자신이 되어 버려서.

진자강을 그렇게 만든 것은 자신의 탓이기도 하다는 건 알지만, 그렇더라도 서운한 마음을 감출 순 없었다.

'나는······.'

당하란은 이제야 자신의 마음을 완전히 알았다.

'나는 이 남자에게 반해 있었구나⋯⋯.'

스스로의 마음을 인정하지 못한 채로 망료에 의해 강제 혼사가 결정되자 그것을 들킨 것 같은 생각이 들었다. 하찮게 생각했던 자에게 마음을 들킨 것은 굉장한 수치였다. 그래서 반발심에 분노했다.

그러나 당하란의 실질적인 마음은⋯⋯ 처음 저 눈빛을 보았을 때부터 온통 진자강에게 빼앗겨 있었던 것이다.

주르륵.

한번 터지고 나니 막을 수가 없었다.

당하란의 눈에서 눈물이 흘렀다.

자신의 마음을 확인하고 나자 화도 얼음 녹듯 녹아 버렸다. 진자강에게 자신의 마음을 이렇게밖에 표현할 수 없는 자신이 너무 멍청하고 바보 같았다.

당하란이 하염없이 눈물을 흘리는 모습을 본 진자강이 잠시 흠칫했다.

당하란은 아무것도 하지 않고 주저앉아서 멍하게 진자강을 바라보기만 했다. 진자강으로서도 실로 당황스럽기 그지없는 상황이었다.

'이제 그만⋯⋯.'

당하란은 목소리가 나오지 않아서 말을 못하고 울기만

했다.

그러나 진자강은 당하란의 바람과는 전혀 별개로 아직까지 투기를 줄이지 않았다.

당하란이 눈물을 흘리는 모습을 보던 복천 도장이 침울한 표정으로 고개를 끄덕거렸다. 그러지 않았으면 했는데 자신의 생각이 결국 들어맞았다.

복천 도장은 일전에 마차를 바라보던 당하란의 눈빛에서 이미 지금 같은 감정을 읽었다.

그가 도사로서 남녀 간의 애정에 대해 잘 안다고 할 수는 없다. 그러나 저 눈빛을 모를 수가 없었다.

그의 사형이 수십 년이나 저 당하란과 꼭 같은 눈빛을 하고 있었기 때문에, 그런 사형의 모습을 수십 년 동안 옆에서 지켜봐 왔기 때문에 말이다.

이루어지지 못할 관계를 보아 왔기 때문에 한편으로는 당하란을 응원하는 마음도 있었다.

그러나 딱히 복천 도장이 할 수 있는 일은 없었다.

이제 남은 것은 진자강이 어떻게 받아들이느냐일 것이다. 약문 출신인 진자강이 강호 독문의 수장 격인 당가의 여식을 과연 받아들일 수 있을까.

그런데…… 이후에 벌어진 일은 복천 도장의 생각과는 전혀 다른 양상이었다.

진자강이 한달음에 당하란에게 달려들어, 울고 있는 당하란의 목에 침을 꽂으려 한 것이다!

"저런……!"

그에 비해 당하란은 그냥 하얀 목덜미를 드러낸 채 앞이 보이지도 않을 지경으로 눈물을 흘리고 있었다. 완전한 무방비다.

당가에서도 손꼽히는 무재였던 당하란은 진자강에게 반해 버린 걸 깨달은 순간부터, 그저 늑대 앞의 순한 양이 되어 있을 뿐이었다. 한데 진자강은 반항도 하지 못하고 울기만 하는 순한 양을 먹어 치우려고 달려든다!

복천 도장은 대경했다.

뻔히 여자가 자기를 보며 애처롭게 울고 있는데 그걸 보고 죽이겠다고 달려드는 게 보통의 사람이 할 수 있는 일이란 말인가!

더 생각할 겨를이 없었다.

복천 도장은 바로 개입을 결정했다.

내공을 극대로 끌어 올려서 발을 굴렀다.

쾅!

복천 도장의 몸이 길게 늘어질 정도의 잔상이 남았다.

궁신탄영(弓身彈影)!

여유롭게 막을 틈이 없었다. 그만큼 진자강의 기세가 사나왔다.

궁신탄영으로 폭발하듯 날아간 복천 도장이 진자강의 뒷목을 잡고 냅다 던져서 팽개쳤다.

진자강은 몇 장이나 날아가 데굴데굴 굴렀다. 복천 도장이 힘 조절을 할 정도의 여유가 없어서 진자강은 고스란히 충격을 받았다. 구르다가 반동으로 일어섰지만 힘을 감당하지 못하고 다시 주저앉을 정도였다.

진자강은 탈구된 어깨를 바닥에 부딪쳐 억지로 끼워 맞춘 후 일어났다.

복천 도장이 화를 냈다.

"이런 미친놈이!"

하지만 진자강은 끼운 팔을 움직이며 오히려 복천 도장을 노려보았다.

"무슨 짓입니까?"

복천 도장이 노기를 띠고 소리쳤다.

"무슨 짓이냐니! 네놈이 지금 하려던 짓을 봐라! 너는 어떻게 널 보고 우는 소저를 향해 칼을 들이댈 수 있느냐! 네놈, 아까 내가 전음을 보낸 것처럼 꾸며 낸 것도 옳은 일이 아니었다!"

진자강이 대답했다.

"무제한! 조건이 없는 것이 비무의 조건이었습니다. 제가 잘못한 게 무엇입니까?"

흠칫.

복천 도장이 찔끔했다. 그건 진자강의 말이 맞다. 논리적으로는 진자강의 말이 맞지만, 감성적으로는 아니다.

"정말로 당 소저를 죽이려 했느냐?"

"상황에 따라서는."

"피도 눈물도 없는 놈 같으니."

복천 도장이 내뱉은 말에 진자강이 되물었다.

"그럼 제가 어떻게 하면 되었겠습니까? 지금이 제가 이길 수 있는 유일한 기회였습니다."

복천 도장이 일갈했다.

"네 이놈! 네놈의 그런 태도가 마음에 안 든단 말이다! 때로는 승패보다도 더 중요한 게 있는 법이다. 이것저것 다 집어치우고 죽이기만 한다면 네놈이 살인귀지, 무슨 정파의 후예라 할 수 있겠느냐!"

진자강은 조금도 밀리지 않았다.

"부정하지는 않겠습니다. 그러나 도장께서는 정당한 승부에 끼어드셨습니다. 어떻게 책임을 지시겠습니까?"

"이놈이 위아래도 없이 감히 빈도에게 책임을 지라고 추궁해?"

복천 도장이 이를 갈았다.

진자강은 단호하게 말했다.

"잘못한 것에 위아래가 어디 있습니까!"

"이이이…… 쫓겨서 죽기 직전에 몰린 것들을 기껏 데려다 살려 놨더니……."

복천 도장이 진자강을 잡아먹을 것처럼 화를 냈다. 하나 진자강은 똑바로 복천 도장을 쳐다보며 말했다.

"도장께서는 분명히 말씀하셨습니다. 멍청한 제자를 둔 죄로 자리를 내주었다고. 이제 와 공치사를 하는 것은 염치 없는 말씀입니다."

염치가 없다는 말까지 들은 복천 도장은 화가 머리끝까지 치밀었다. 그가 이제껏 살아오면서 새파란 애송이에게 이렇게까지 모욕당할 일이 언제 있었겠는가!

"오호라, 그러냐? 빈도의 아둔함을 깨쳐 주어 고맙구나."

"천만의 말씀입니다. 잘못된 것은 언제 어느 때든 고쳐야 한다고 도장께서 알려 주셨으니까요."

화가 나다 못해 어이가 없는 복천 도장이었다.

"이놈! 도저히 예뻐하려야 예뻐할 수가 없구나!"

복천 도장이 진자강에게 삿대질을 하려고 손을 드는데, 어딘가 손의 느낌이 이상했다.

자기 손등에 침이 꽂혀 있었다.

"······."

아마도 아까 급하게 진자강의 뒷덜미를 잡아 내던질 때에 진자강이 꽂은 모양이었다.

복천 도장은 허탈한 기분까지 들었다.

침을 뽑아 버리고 내공으로 독이 퍼지는 걸 막았다. 언쟁하는 동안 독이 꽤 퍼져서 손 전체가 얼얼했다.

"너······ 이게 무슨 의미인 줄 아느냐?"

복천 도장의 목소리는 한결 가라앉아 있었다. 뜻밖에도 진자강은 담담히 대답했다.

"압니다."

여차하면 복천 도장과도 싸울 생각을 하고 있었던 진자강이다.

뒷덜미를 잡혀 던져지는 그 정신없는 와중에도 훗날을 생각해서 미리 한 수를 심어 두었던 것이다.

복천 도장이 방해한 순간부터 이미 복천 도장은 진자강의 우군이 아니니까 말이다.

게다가, 이것은 복천 도장에 한해 그칠 문제가 아니었다.

"만약에라도······ 그런 일은 있을 수 없겠지만, 내가 네 손에 죽기라도 하면 너와 너의 일행은 청성 전체를 적으로 두게 된다."

"알고 있습니다."

"알고 있는데도 내게 손을 썼다?"

"지금은 적이 아닙니까?"

"그건……."

복천 도장이 말하기 애매한 답변이었다. 자신이 아니라고 한들 진자강이 그렇게 느끼고 있다면 그게 맞을 터였다.

"그래서. 나를 죽이고 나면 어떻게 하려 했느냐."

"해독약을 가지고 일행들과 떠나려 했습니다. 이제까지 해 왔던 대로."

어디 한 몸 의지할 데 없이 떠돌아야 했던 진자강의 상황이 고스란히 녹아난 말이었다. 복천 도장은 할 말이 없어졌다. 어쩌면 이것은 진자강의 상황을 이해하지 못한 자신의 탓인지도 몰랐다.

"청성 전체와 싸우겠다고…… 다른 건 몰라도 네놈의 그 배짱은 인정해 주마."

"배짱이 있어서 싸우는 게 아닙니다. 어쩔 수 없으니 싸우는 겁니다."

"이놈이…… 단 한마디도 질 생각을 안 하는구나!"

"알겠습니다. 져드리겠습니다."

복천 도장이 입을 떡 벌렸다.

살다 살다 이런 놈은 정말로 처음이었다.

독하다. 독해.

그냥 확 죽여 버려? 하는 생각에 살의까지 든 복천 도장
이었다.

그런데 그때 눈물은 그쳤으나 아직까지는 울음기가 섞인
목소리로 당하란이 말했다.

"그만두세요. 제가 졌습니다."

당하란은 일어나 눈물을 삼키고 힘없이 일어났다.

그러더니 천천히 진자강에게 다가왔다.

"내가 사람을 잘못 판단했습니다."

당하란은 어느새 진자강에게 공손히 존대를 하고 있었
다. 당하란의 나이는 스물하나로 진자강보다 두어 살이 더
많다.

그러나 당하란은 이제 진자강을 인정하지 않을 수 없었
다.

복천 도장의 앞에서도 물러서지 않고 청성파 전체와도
싸울 생각을 가진 남자.

이미 당하란이 감당할 수 있는 깜냥을 훨씬 넘어선 사내
였다.

어쩌면 당하란은 진자강의 눈빛에서 자기도 모르게 그
같은 포부와 패기를 읽었는지도 모른다.

그래서 거기에 끌렸는지도 모른다.

당하란은 진자강의 앞에 다가갔다. 진자강과 바로 앞에

서서 눈을 마주쳤으나 더 이상 거기엔 아무런 적의가 없었다.

당하란이 차분한 모습으로 해독약을 손에 올려 들었다. 그러나 손이 살짝 떨리고 있었다.

"해독약이에요."

진자강은 한동안 당하란을 보다가 마침내 해독약을 받아 들었다.

당하란이 꼼짝도 하지 않고 말했다.

"나는 이대로 돌아가면 살아도 산목숨이 아니게 됩니다. 졌으니 죽이도록 하세요."

진자강은 바로 거절했다.

"해독약을 얻었으니 됐습니다."

그러나 당하란은 한결 차분해진 목소리로 말했다.

"당신은 내게 한 가지 빚이 있었죠. 외람되나 기억하고 있습니까?"

"알고 있습니다. 하나 그것이 죽여 달라는 청이라면 결코 들어드릴 수 없습니다."

"그럼 그리 말하지 않겠습니다. 하면 대신……."

당하란은 천천히 무릎을 꿇고 진자강에게 절을 하며 예를 갖추더니, 아직 눈물이 그렁거리는 눈을 들어 진자강을 올려다보았다.

"소녀를 거두어 주시겠습니까?"

진자강의 시간이 멈추었다.
진자강은 당하란과 시선을 마주쳤다.
당하란에게 아까의 독기는 다 사라지고 없었다. 뺨은 불그스름해져 있으며 눈빛은 습기를 머금어 촉촉하다. 늘 사납던 눈매도 누그러져서 편해 보였다.
처음으로 어여쁘다는 생각이 든다.
하나 방금까지 죽자 사자 싸운 사이였다. 진자강에게 이것은 어딘가 어색한 국면이었다.
진자강은 대답하지 않고 우선 해독약을 열어 맛을 보았다.
당하란은 진자강에게서 시선을 놓치지 않고 쳐다보며 기다렸다.
맛을 본 진자강이 마개를 닫더니 당하란에게 다시 돌려주었다.
"왜……."
당하란을 바라보는 진자강의 표정이 매우 복잡했다.
"이게 해독약입니까?"
"그렇다고 들었는데……."
뭔가 깨달은 당하란이 해독약의 마개를 열어 맛을 보았다. 그랬다가 바로 침과 함께 내뱉었다.

퉤.

입에서 심한 비린내가 감돌았다.

이건 해독약이 아니다.

당황해서 얼굴이 벌게진 채로 진자강을 바라보던 당하란의 얼굴이 점점 일그러졌다.

"망료……! 이 작자가!"

망료란 이름을 들은 진자강의 눈에 서늘한 한기가 맺혔다.

*　　　*　　　*

그간 망료는 매우 바빴다.

힘을 갖게 되었을 때, 그 힘을 사용할 방안과 계획에 대해서 수없이 생각해 왔다.

거의 모든 것을 다 가진 지금이야말로 가장 바빠야 할 때였다.

그래서 망료는 당가 정보 조직의 도움을 받아 수없이 많은 전서구를 날리고 서한을 썼다.

당청이 검열을 하겠지만 상관없었다.

당청 같은 사람은 자신의 권위를 위해서 한번 말 한 일을 결벽적으로 지키는 습성이 있었다. 망료에게 맡겨 놓는다고 했으니 일이 어지간히 개판이 되지 않는 이상에야 어쨌든 지켜볼 것이다.

끼익, 끼익.

망료가 의자에 앉아 있는 동안, 아래에서는 당가 최고의 수전 장인이라 불리는 노인이 망료의 새 의족을 조정하고 있었다.

"다 됐수다."

"수고하셨소이다."

망료는 일어나서 걸어 보고 발을 툭툭 차 보더니 물었다.

"일전에 수전은 좀 약하던데…… 철포삼을 전혀 못 뚫더군? 호신강기를 뚫는 수전은 없소이까?"

노장인이 퉁명스럽게 대답했다.

"철포삼이나 금종조 같은 호신강기를 뚫는 수전은 매우 단가가 비싸서 가문의 직계만 사용하고 있소."

"그놈의 돈, 돈…… 그러다 일 그르치면 누가 책임질 건데?"

"직계가 쓸 것도 모자라오."

망료가 염라패를 들었다. 노장인이 인상을 썼다.

"호신강기까진 안 되고 철포삼 정도는 뚫을 수 있는 수전을 장착해 드리겠……."

그 순간 망료가 염라패로 노장인의 머리를 가격했다.

퍽!

"어억!"

노장인이 쓰러지려는 걸 망료가 따라가서 염라패를 휘둘렀다.

퍽퍽!

노장인의 머리가 깨져서 진득하니 피가 흘렀다.

"그, 그만……!"

퍽! 퍽!

망료는 말없이 때리기만 했다.

노장인이 피가 솟는 머리를 손으로 감싸고 외마디 비명을 질렀다.

"가져오겠소! 가져오겠소!"

망료는 깨끗한 천으로 염라패의 피를 닦으며 말했다.

"이왕 수전에 쓸 독도 제대로 된 놈으로 가져왔으면 좋겠군. 지난번에 수전을 맞은 년은 중독된 채로 강 하나와 산 세 개를 넘어서 도망갔어. 심지어 아직도 살아 있고. 그게 말이 된다고 생각하나?"

노장인이 주저앉은 채 신음을 흘리며 대답했다.

"으으…… 일전의 수전에는 상당한 극독(劇毒)이 발라져 있었소. 내공이 깊은 고수여서 목숨을 구했다 하더라도 맹독(猛毒)의 수준으로 부작용이 심했을 것이오."

망료가 살짝 미간을 찌푸렸다. 운남에서는 극독과 맹독을 구분하지 않았다. 그러나 독을 세분하여 사용하는 당가에서는 효과나 상태에 따라 구분해 말하는 것이 통상적이었다.

극독은 목숨을 잃게 만드는 독이고, 맹독은 독성이 몹시 심한 독을 말한다.

극독이라도 맹독이 아닐 수 있고, 맹독이라도 극독이 아닐 수 있다. 그러나 일전에 사용한 독은 극독이면서 맹독의 효과를 가지고 있었다는 뜻이다.

하지만 망료는 코웃음을 쳤다.

"그런데 그 '맹독'에 중독된 상태로 마사불을 두들겨 패서 쫓아냈다던데? 그래서야 맹독이라고 할 수 없지 않나."

"독은 사람의 체질에 따라……."

망료가 짜증 나는 듯 손을 내저었다.

"됐으니까 극독으로 가져와. 무조건 맞으면 죽는 놈으로 가져오라고. 내 말 알아듣겠나?"

"그런 독은 없소이다. 특히나 호신강기를 펼치는 정도의 고수라면 내공이 정순해서 심각한 상황이 되기는 매우 어려운……."

그 정도의 고수를 독살하려면 체질을 완전히 파악해서 그 고수에게 딱 맞는 독을 맞춤으로 써야 한다.

하지만 망료는 노장인의 말을 무시했다.

"알겠으니까 극독으로 가져오라고."

노장인은 머리에서 피가 흘러 고통스러운 표정이었음에도 어이가 없는 표정으로 망료를 쳐다보았다.

"없다는데 자꾸만 가져오라고 하면 나더러 어쩌라는 것이오?"

"진짜 없진 않을 거 아냐. 내공 깊다고 다 독이 안 들으면 전부 만독불침지체(萬毒不侵之體)게? 당가의 팔대 극독이라고 하면 온 세상 사람들이 다 아는데, 무슨 헛소리를 하고 있어. 팔대 극독이 극독이 아니고 그냥 맹독이야? 그런데 극독이라고 이름 붙인 거야? 아닐 거 아냐."

"그건 내 손에서 가져올 수 있는 물건이 아니외다. 팔대 극독을 어떻게……."

'어떻게 당신 같은 자에게 넘겨줄 수 있느냐'는 말이 뒤따라오려다 말았다.

"책임 소재는 내 알 바 아니고 무조건 가져와."

노장인이 말도 안 된다고 변명하려는데 갑자기 망료가 노장인을 타박했다.

"되는데 안 된다고 하는 당신 같은 사람들 때문에 자꾸 계획이 어긋나잖아. 그러니까 간단하게 해결될 일이 복잡해지고 늘어진단 말이야. 그럼 누가 책임질 거야? 엉?"

"그, 그게 무슨……."

"노채산에서 산동요화가 죽었으면 얼마나 좋아. 깔끔하게 금강천검에게 시체를 넘기면서 나와 제갈가의 면도 살았을 거고, 내가 제갈가와 척을 질 필요도 없었을 테지. 마사불이 성질을 피우지도 않았을 테니 아미파도 체면 구기지 않았을 것이고. 그랬으면 청성파가 개입하지 않아도 되었을 테니, 아미파와 청성파의 사이가 틀어질 일도 없었을 테지."

노장인의 얼굴이 구겨졌다.

"그게 다 내 탓이란 말이오?"

"아이고, 이 친구야. 겨우 그게 다인 줄 알아?"

망료가 안타깝다는 듯 한숨을 푹 내쉬었다.

"자네 때문에 이제 삼십육봉(三十六峰) 팔대동(八大洞) 칠십이혈(七十二穴) 백팔명경(百八明景)의 천년고성(千年古城)이 조만간 잿더미가 되어 버리게 생겼단 말이야. 아이고…… 이게 다 자기 한 명 때문인 걸 모르고 있으니 그 수많은 원망과 업보를 어이 감당하려고 이러누?"

노장인이 입을 쩍 벌렸다.

이게 무슨 개소리야!

청성산(靑城山)은 일 년 내내 푸른 수목이 자라나는 봉우리들이 성처럼 둘러져 있어 청성산이라 부른다. 천년고성이라는 것은 청성산을 빗대 부르는 말이다.

"게다가……."

망료가 작은 약병을 꺼내어 손에서 굴렸다.

노장인은 그 약병을 알아보았다. 예전에 망료의 의족에 달았던 독전의 해독약이 담긴 병이다.

하지만 최근 당하란이 해독약을 가지고 청성산으로 향했다지 않았던가?

"어엇……?"

노장인이 저도 모르게 망료가 든 약병에 손가락질을 했다.

"해, 해독약이 거기 있으면 공자께서 가져가신 건……."

망료는 손에서 약병을 빙그르르 돌리며 성의 없이 대답했다.

"몰라, 그냥 눈에 보이는 거 아무거나 넣어서 들려 보냈어. 아마 무슨 뱀독인 것 같던데? 좀체 이름이 쓰여 있질 않으니 원. 독을 쓰는 놈들은 다 똑같아. 왜 병에 이름을 적어 놓지 않는 거야? 헷갈리게시리."

노장인이 더 크게 당황했다. 해독약이 아닌 독을 써서 단령경이 큰 해라도 입으면 당하란이 어찌 되겠는가!

"그럼 공자의 안위가……!"

망료가 빙긋 웃었다.

"이 친구 아직도 정신을 못 차리고 있네. 이제 공자가 아니라 아기씨라고 불러야 할 게야. 잘못 부르면 경을 친다고."

노장인의 얼굴이 아까보다 더 찌푸려졌다.

이건 또 무슨 개소리인가!

아기씨는 시집을 갈 나이의 처녀나 막 시집을 간 색시를 두고 부르는 말이다. 당가는 엄연히 데릴사위의 전통이 있는데 시집을 간다는 건 무슨 소리인가?

아니, 애초에 시집을 가고 말고의 문제를 떠나서 당하란은 독을 들고 갔다. 단령경을 죽이러 간 취급을 받게 될 것이다. 죽어서나 오지 않으면 다행히 아닌가!

"그, 그, 그러다가 요화가 죽으면⋯⋯."

"죽으면 좋고⋯⋯ 죽지 않아도 좋고⋯⋯ 사실 안 죽으면 좀 골치 아파지겠지. 그런데 아마 안 죽을 거야."

단령경이 죽지 않으면 당하란은 더 위험해진다.

노장인이 눈을 크게 뜨고 멍하게 망료를 바라보는데 망료가 혀를 찼다.

"쯧쯧, 내가 말했잖아. 돈 몇 푼 아끼려다 보면 일이 이렇게 복잡하게 된다고. 그러니까 이번에는 실수하지 말고 제대로 된 독전을 가져다 달란 말야. 자네 때문에 당가의 어여쁜 영랑 하나를 미끼로 내던지게 됐으니까."

노장인은 아무 말도 못 했다. 왠지 자기가 듣지 말아야할 애기들을 듣고 있는 기분이 들었다.

"이제 아미파에 들러서 같이 천년고성을 어쩔 것인지에 대한 논의를 해야 하고……."

노장인은 듣기가 점점 껄끄러워졌다.

"아미파가 말을 듣지 않으면 같이 없애 버려야 하니, 금강천검을 만나서 사기를 쳐야겠군. 이건 좀 위험한데…… 내가 일전에도 금강천검을 상대로 몇 번이나 사기를 쳤거든. 껄껄껄!"

망료가 웃자 노장인은 소름이 끼쳤다.

위험하다!

"가만, 무림맹주도 만나야 하지? 염왕께서 무림맹주에 대해 뭐라고 했더라……."

염왕이 거론되면 더 이상 자신이 감당할 수 있는 이야기가 아니다.

노장인이 넙죽 엎드렸다. 이마에서 피와 땀이 줄줄 흘렀다.

"가져오겠습니다! 염라패의 권위가 명하신 대로. 제 최선을 다해서."

망료가 이를 드러내며 씨익 웃었다.

"영리하군."

자신의 말을 다 듣고도 버렸으면 망료는 가차 없이 노장인을 죽여 버렸을 것이다. 자신의 말을 듣지도 않으면서 비밀만 많이 아는 자는 쓸모가 없으니까.

망료는 천으로 노장인의 얼굴을 닦아 주며 조그만 소리로 귀에 속삭였다.

"하지만 최선은 필요 없어. 당가의 이름을 걸고 당가대원에서 제일 좋은 놈으로 준비해. 무림삼존(武林三尊)이라도 암살할 수 있을 정도로. 그게 실패하면 이번엔 당가의 존속이 흔들릴 수도 있어."

무림삼존!

현 무림에서 가장 강한 세 세력을 이끄는 수장을 일컫는 말이다.

당대의 정파와 사파, 마도의 수장을 부르는 말이기도 하다.

물론 그들을 한 번에 죽일 수 있는 독이 세상에 존재할까에 대해서는 누구나 의문을 표할 것이다.

노장인은 떨면서 망료를 힐끗 쳐다보았다.

도대체 무슨 일을 꾸미는 건지 상상도 할 수 없었다.

그러나 자신은 알 필요가 없다.

"잘 생각했네. 칼은 누구를 베는지 궁금해해선 안 되지. 누구든 주인이 시키는 대로 베기만 하면 되니까."

망료가 웃으면서 깨끗해진 노장인의 뺨을 톡톡 쳤다.

"가 봐."

＊　　　＊　　　＊

청성산.

겨울의 해가 빠르게 지고, 어스름한 노을도 순식간에 사라져 갔다.

그러나 월출(月出)이 시작되고 맑은 남색의 하늘에 다시 한 번 짧게 찬란한 붉은 기가 맴돈다.

단아하게 틀어 올린 상투, 소박하지만 구김 없이 깔끔한 도복을 입은 도사.

누가 봐도 도사의 전형이라 부를 만한 모습이었다.

나이는 예순이 넘었으나 아직까지 얼굴에는 주름살이 하나 없고 혈색은 불그스름하니 노을과 같으며, 목 아래까지 흘러내린 수염은 반이나 검어서 뻣뻣하였다.

그러나 특이하게도 빨간 안대를 질끈 묶어서 완전히 눈을 가리고 있었다.

청성파의 장문인인 무암 존사다.

무암 존사는 청성산의 경내에서 떠오르는 월출 쪽으로 얼굴을 향하고 있었다.

그의 곁으로 복천 도장이 소리도 없이 와서 섰다.

무암 존사가 손을 들어 월출을 가리켰다.

"나는 눈이 보이지 않으나, 느낄 수 있네. 따스함과 차가움이 공존하는 이 밤의 달을. 어둠이 물러가고 새벽이 찾아오는 아침의 일출과는 또 다른 기운을 풍기지."

무암 존사는 월출 쪽을 향하고 있었지만 복천 도장은 무암 존사를 보고 있었다.

"장문 사형."

할 말이 있다는 투다.

"그래. 얘기는 들었네."

무암 존사가 헛헛한 웃음을 지었다.

"당가에서 보낸 여아가 독룡에게 구혼을 하였는데, 구혼 선물로 가져온 것이 독이었다지. 무슨 독인지 분석되었는가?"

복천 도장이 가만히 고개를 끄덕였다.

"안경사(眼鏡蛇)의 독이 포함된 조잡한 독이었습니다."

안경사의 독은 마비와 출혈을 일으키는 뱀독이다. 보통의 출혈독은 먹는다고 해서 위험하지 않지만 계속해서 내부에 출혈이 있는 단령경에게는 치명적일 수 있다.

그러나 중요한 건 안경사의 독이라는 말이 아니라 그 뒤의 말이다.

조잡한 독.

"그래…… 그 아이도 참 불쌍하게 되었구면."

대단한 독도 아니고 조잡한 독이다.

당가의 아이에게 조잡한 독을 해독약이라고 들려 보낸 이유가 무엇일까.

버려진 것이다.

낚싯바늘에 매단 갯지렁이처럼 꿈틀거리면서 죽어 가게 내버려 둔 것이다. 좀 더 큰 물고기가 물기를 기다리면서.

그게 어디일까.

왜 하필 독룡이고 청성산일까.

"그럼 그 아이는 어쩌고 있는가?"

"본산에 들어와 있으라 하였으나 한사코 거부하였습니다. 지금쯤 독룡과 함께 있을 겁니다. 둘이 공통적으로 아는 자가 있는 듯하더군요."

무암 존사가 씁쓸한 표정으로 순식간에 산등성이를 넘어선 달 쪽을 바라보았다.

"고요하군."

월출이 끝난 것을 느낀 얼굴이었다.

복천 도장이 말했다

"폭풍전야입니다. 아무래도 곧 거센 폭풍이 다가올 것 같습니다."

"그렇던가?"

"가벼이 넘길 만한 폭풍이 아닙니다. 어디서 어떻게 올지 알 수가 없습니다."

복천 도장도 무암 존사를 따라 달을 쳐다보았다. 방금까지 그렇게 휘황찬란한 광채를 내뿜던 달에 거뭇한 달무리가 배이기 시작한다.

"내가……."

무암 존사가 낮은 목소리로 말했다.

"면목이 없군. 사제나 또 본산의 제자들에게도."

"장문 사형의 잘못이 아닙니다. 천존께서도 사람의 마음을 다스리라고 하였지, 무생물처럼 아무 마음을 가지지 말라고 하지는 않았습니다."

다소 타박하는 투의 복천 도장에게 무암 존사가 빙긋 웃어 보였다.

"사제가 아니었다면 우리는 청성의 정기를 지키지 못하고 있을 것일세."

무암 존사가 말을 이었다.

"얼마 전, 아미파의 신니(神尼)와 대화를 나누었는데. 그런 말을 하더군. 세상은 바뀌었고 아미파는 새로운 세상을 향해 발을 내딛기로 하였다고."

복천 도장이 비웃었다.

"변절자들의 말을 들을 계제가 있습니까? 말은 그리해도 실제 행동은 오래전부터 무림총연맹을 따르지 않았습니까."

"세상을 보는 눈은 누구나 똑같지가 않네. 불성은 하나가 아니며 일만팔천 가지의 마음이 모두 달라도 선(善)을 추구하는 마음만 같다면 그것이 곧 해탈일세."

"됐습니다. 저는 아미파는 앞으로도 상대하지 않을 겝니다."

"그 또한 사제가 추구하는 선일 테지."

"그런 말은 됐습니다. 장문 사형도 이제 결정하시라, 독촉하러 온 겁니다."

무암 존사는 가만히 달을 쫓아 고개를 들며 복천 도장의 말을 듣기만 했다.

"스스로 결자해지하실 때가 됐습니다."

멈칫.

무암 존사의 고개가 멈췄다.

복천 도장이 말했다.

"후회할 기회조차 사라지기 전에 말입니다."

第七章

수라의 적

당하란은 굉장한 충격을 받은 채였다.

자신에게 들려 보낸 것이 해독약이 아닐 줄은 꿈에도 생각하지 못했다.

왜 자신은 그 자리에서 해독약을 확인해 보지 않았을까.

그 자리에서 확인하고 따지지 못했을까.

너무 감정에 치우쳐 버려서다.

그 바람에 바보같이 망료의 수작에 넘어가 버린 것이니…….

"꼴좋다."

당하란이 혼잣말로 중얼거렸다.

자신에 대한 자책이었다.

이런 일 처리조차 제대로 못 하는 주제에 어떻게 가문의 큰 인물이 될 수 있을까.

피식하고 실없는 웃음이 나올 지경이었다.

만일 이것이 당청의 시험이라면 당하란은 보기 좋게 시험에 탈락한 셈이다.

뒤늦게 망료에게 따져 봐야 자신의 멍청함만 드러낼 뿐이다. 그래 봐야 망료는 '저런, 내가 실수했네?' 하고 넘겨 버릴 게 분명하니까.

물론 실수일 리가 없다. 망료 같은 자가 그런 실수를 할 리가 있는가.

당하란은 고개를 흔들어서 괴로운 생각을 털어 냈다.

이제 앞으로 어떻게 해야 상황을 수습할 수 있을지 생각해 내야 했다.

그렇게 당하란이 기슭의 위에서 어두운 달을 보며 괴로워하고 있는데 진자강이 다가왔다.

진자강은 당하란의 태도를 보고 당하란도 망료에게 이용당했다는 걸 알았다.

진자강이 당하란에게 댓잎으로 싼 주먹밥 한 덩이를 내밀었다.

"저녁부터 아무것도 안 먹었습니다."

당하란이 진자강을 쳐다보았다. 진자강은 당하란의 눈길을 피하지 않고 담담히 마주 보았다.

당하란이 물었다.

"동정…… 하는 건가요?"

당하란의 물음에 진자강은 별다른 감정 없이 대답했다.

"내가 소저를 몇 번이나 봤다고 동정하겠습니까."

당하란은 주먹밥을 받았다. 하지만 바로 먹진 않았다.

"사실 나는 진 소협을 본 게 오늘이 네 번째예요."

"내가 기억하는 건 두 번뿐이군요. 오늘을 포함해서."

"그렇겠죠. 처음 보았을 때 소협은 독곡에서 독분을 뒤집어쓴 채 죽어 가고 있었죠. 나는 소협을 깨끗이 처리하길 바랐지만 망료 그자는 기필코 소협을 살려 내더군요. 그 결과가 지금 이렇게 됐네요."

진자강의 눈썹이 꿈틀댔다.

강호에는 독곡에서 벌어진 살육이 진자강의 짓이라고 알려졌다.

그러나 지금 당하란이 한 말은……..

당시에 당하란이 있었다는 걸 스스로 자백한 것이다. 그것도 망료와 함께!

당시의 살육, 그 뒷배경이 당가였던가!

진자강은 감정이 흔들려 살짝 동요했다.

당하란도 그것을 느꼈다. 당하란이 옆자리를 권했다.

"앉아요. 얘기가 길어질 것 같으니."

진자강은 당하란이 권하는 대로 옆에 앉았다.

당하란이 물었다.

"도대체 망료 그자와는 무슨 관계죠?"

당하란이 진자강에게 묻고 싶은 얘기였다. 역설적으로 그것은 진자강이 당하란에게 묻고 싶은 것과 같은 얘기였다.

"죽여야 할 대상. 약문 일파의 원수."

당하란은 흠칫했다. 약문의 이야기가 나오면 당하란 역시 원죄에서 벗어날 수 없었다.

"그렇군요. 깜박 잊고 있었네요. 진 소협은 운남 약문 출신이었죠. 그런데 그런 분에게 당가 출신인 내가 구혼을 하다니."

당하란은 힘없는 웃음으로 깔깔 웃었다. 그러곤 진자강을 바라봤는데 진자강의 눈빛이 서늘하다.

당하란은 웃음을 그쳤다. 가슴이 시렸다. 그 많고 많은 사람 중에 하필 마음을 준 사람이 원수지간의 사이란 말인가. 이 사람의 뜨거운 눈빛에 반하였는데, 그 눈빛의 살기가 향한 대상이 자신과 자신의 가문이었단 말인가.

당하란은 감정을 애써 감추고 물었다.

"질문을 바꿀게요. 망료 그자에게 있어 소협은 어떤 의미죠? 어떤 의미이기에 그가 그리도 당신에게 집착하는 거죠?"

"나는 작년까지 그가 살아 있는 줄 몰랐습니다. 독곡에 서조차. 그는 구 년 전 내 손으로 죽였습니다."

진자강은 당하란을 쳐다보다가 말했다.

"아마 그는 내가 그의 모든 것을 앗아 갔다고 원망하는지도 모르겠군요."

하지만 여전히 당하란의 의문은 풀리지 않았다.

"그자는 본가뿐 아니라 무림총연맹…… 정확히는 백리중과, 그리고 산동의 사파에까지도 손을 대고 있죠. 아무도 그가 무엇 때문에 그런 행동을 하는지 몰라요."

예전 같으면 어차피 죽일 거니까 상관없다고 대번에 답했을 진자강이다. 그러나 일련의 사건을 겪은 후, 그것이 편복의 말처럼 쉬운 일이 아니라는 걸 깨달았다.

물론 과정이 아무리 복잡하더라도 어쨌거나 결론은 같다.

"결국은 죽어야 할 자입니다."

"그러면 본 가의 적으로 간주될 거예요."

진자강이 당하란을 한참이나 빤히 보았다.

"그래선 안 될 이유라도 있습니까?"

당하란은 진자강의 시선을 받으며 가슴이 두근거렸다. 그의 눈빛이 자신이 생각하는 의미가 아니라는 걸 알면서도.

당하란이 억지로 입을 떼었다.

"본 가의 지독한 보복을 받게 될 거예요. 은혜는 열 배로. 원한은 백 배로. 그것이 본 가의 방침입니다."

"그래서요?"

진자강은 표정 하나 변하지 않았다. 당하란은 오히려 말문이 막혔다.

하지만 진자강이 살아온 삶을 깨닫곤 맥이 탁 풀렸다.

'그랬었지.'

이 남자는 지옥을 헤쳐 나와 복수를 하고 있는 중이다. 제갈가의 최명부까지도 받았다. 죽음을 늘 대동한다. 언제 죽음이 찾아와도 이상하지 않을 삶을 살고 있다.

죽기 직전의 고문? 고통? 그것이 이 남자에게 어떤 의미가 있겠는가.

그런 이에게 당가의 보복이 얼마나 대단한 위협이 되겠는가.

"그는…… 할아버지의 전폭적인 지지를 받고 있어요. 염라패를 쥐고 전권을 흔들고 있죠. 나를 이쪽으로 보낸 것도 그자입니다."

"그가 왜 당신을 이쪽으로 보냈습니까?"

"미안하지만, 그건 나도 몰라요. 나는 단순히 그가 내게 악감정을 갖고 있다고 생각했을 뿐이에요. 설마하니 자신의 원수에게 구혼을……."

당하란은 얼굴이 뜨거워졌으나 고개를 돌리고 말을 계속했다.

"구혼을 해서 데려오라고 할 줄은 몰랐죠."

"그럼…… 마지막으로 한 가지만 묻겠습니다."

마지막으로, 란 말과 함께 진자강에게서 살의가 느껴졌다. 당하란은 울컥 설움이 복받쳤다. 진자강의 눈이 조금의 연민도 없이 살의를 드러내고 있었다.

"당가는……."

진자강의 입술이 이죽거렸다. 진자강 역시도 그 한마디를 하기가 매우 힘든 것 같았다. 덕분에 당하란은 무엇을 물으려는지 알 수 있었다.

"당가는 운남 약문의 몰살에 개입했습니까?"

당하란은 가장 대답하기 어려운, 진자강이 묻지 않길 바랐던 질문을 받고 말았다.

심장이 멈춘 기분이 들었다.

당하란은 자신의 생각을 직접적으로 대답할 수 없었다.

대신 오경 중에 오래된 구절을 읊었다.

父之讐 不與共戴天
아버지의 원수와는 같은 하늘을 이고 살 수 없고
兄弟之讐 不反兵
형제의 원수는 마주치면 바로 쳐 죽여야 하고
交遊之讐 不同國
벗의 원수와는 같은 나라에서 살 수 없다.

당하란은 말을 마치고 진자강을 가만히 쳐다보았다.

당하란이 읊은 구절은 불구대천(不俱戴天)의 원수를 말한다.

진자강과 당가의 관계, 혹은 진자강과 당하란의 관계가 이미 불구대천의 원수지간이라는 뜻이다.

진자강의 눈에서 서서히 퍼런 불꽃이 피어오르기 시작했다.

당하란은 가슴이 답답해졌다. 그래서 어떤 말이라도 하고 싶어졌다.

자기도 모르게 변명이 나왔다.

"나는 본 가에서 모종의 임무를 맡고 활동했어요. 내가 직접 개입한 것은 아니라 하더라도 운남 약문의 사태에 전혀 책임이 없는 건 아니에요."

"말하십시오."

으드득.

진자강이 이를 깨무는 소리가 들렸다.

"당신이 한 일을."

"본 가의 비밀은 타인에게 누설할 수 없어요. 죽음으로 지킬 뿐이에요."

진자강이 내뿜는 살기가 짙어졌다.

진자강의 살기는 견살기와 시살기를 넘어 관살기에 닿아 있다. 묘월조차 진자강의 살기에 소름이 돋았던 적이 있었다.

바로 지척에서 쏟아지는 진자강의 살기를 받은 당하란은 숨이 가빠졌다.

"흐윽."

그러나 대응하지 않았다. 내공을 끌어 올려서 대응할 수 있었으나 그냥 내버려 두었다.

"한 가지의 독을…… 시험하고 있었어요. 모든 사람에게 독성을 발휘할 수 있는 독을…… 특히 무림인이 버텨 내기 어려운 독…… 그게 내 임무였……."

독은 모든 이에게 공평하게 작용하지 않는다.

철산문을 공격할 때 왕이생이란 자는 유유정에 당하고도 멀쩡했다. 진자강은 그를 사황신수와 파절침으로 공격해서 야 겨우 죽일 수 있었다.

익히 알려진 대로, 내공이 깊은 고수일수록 어지간한 독은 버텨 낸다. 중독으로 움직임을 제약시킬 순 있어도 대번에 죽음까지 이르게 하긴 어렵다.

진자강이 어린 나이에 혼천지에서 곤륜황석유의 독을 얻은 건 그야말로 천운이었던 것이다. 그러지 못했다면 당시에 지독문의 그 많은 무인들을 상대로 결코 살아남을 수 없었으리라.

"당가에는 수많은 독물이 있습니다. 그런데도 굳이 그런 게 필요했습니까?"

"대량의…… 평범한 재료들로 대량 생산이 가능한 독을…… 제조하기 위해서, 흐윽!"

당하란은 심장이 조여 오는 고통을 느끼며 가슴을 붙들었다. 얼굴에는 이미 땀이 흥건했다.

하나 진자강은 아직 궁금증이 풀리지 않았다.

"그것이 약문과 무슨 관계가 있습니까? 무슨 상관으로 운남뿐 아니라 강호의 전 약문을 독문이 공격했습니까!"

"그건……."

극심한 살기에 당하란의 얼굴이 파래졌다. 당하란은 애처로운 표정을 지으며 진자강을 쳐다보았다.

"당신은…… 내 질문에 아직 대답하지 않았어요. 나를……."

나를 거두어 주겠느냐는 질문에 대한 대답을.

당하란은 그 대답을 듣고 싶었다.

하지만 돌연 진자강이 당하란에게 덤벼들었다. 눈에서 살기를 뿌리며 당하란의 목을 졸랐다.

당하란이 버둥댔다. 진자강은 이를 악물고 목을 졸랐다. 당하란의 눈에서 눈물이 흘러나왔다.

"큭, 크윽!"

뚝, 뚜둑.

목뼈가 어긋나는 듯한 소리가 들리더니 당하란이 크게 숨을 내뱉었다.

"컥!"

당하란의 입에서 환단 한 알이 튀어나왔다.

진자강이 곧바로 당하란의 여린 목에서 손을 뗐다. 당하란의 목에 시퍼렇게 손자국이 남았다.

진자강이 쏘아붙였다.

"비밀을 말하면 죽는다면서 다 털어놓았잖습니까. 죽으려고 한다는 걸 모를 줄 알았습니까? 아니면, 내가 알아주길 바랐습니까?"

"컥컥!"

당하란은 목을 붙들고 연신 기침을 토해 냈다.

진자강이 당하란이 뱉어 낸 환단을 들고 손으로 부수어

혀끝에 찍어 맛을 봤다. 치익, 손가락과 혀끝이 부식되듯 녹아서 살짝 허물이 벗겨졌다.

"역시. 제갈 소저를 해친 살수는 당가에서 보낸 거였군요."

당하란은 눈물과 침으로 범벅이 된 얼굴로 진자강을 원망하듯 쳐다보았다.

"왜 나를 살린 거죠?"

그러나 진자강의 표정도 매우 복잡하다. 여전히 살기가 가시지 않았으나 심란한 얼굴이다.

"아까 본인 입으로 말하지 않았습니까. 본인은 직접 개입하지 않았다고."

"나는 어차피 본 가로 돌아가면 죽은 목숨입니다. 아니, 죽는 것보다 더 끔찍한 꼴을 당하게 될 거예요. 차라리……
차라리, 차라리 지금 죽게 내버려 뒀으면 좋았잖아요!"

진자강이 이를 갈며 소리쳤다.

"그런 사정 따위 내가 알 게 뭡니까! 나도 소저를 어떻게 해야 할지 모르겠으니까 내게 강요하지 마십시오."

진자강은 자리에서 벌떡 일어나 돌아섰다.

양손으로 바닥을 짚고서 당하란이 진자강의 뒷모습을 보며 말을 던졌다.

"오도절명단."

진자강이 멈칫했다.

"그 독의 이름입니다."

"알겠습니다."

"그리고……."

당하란이 하늘을 쳐다보며 잠시 눈물을 멈췄다.

"만일 당신이 진정한 적을 찾아 나선다면, 그건 아마도…… 제 할아버지…… 당청일 거예요. 염왕 당청."

"염왕 당청!"

진정한 적!

진자강이 생각지도 못했던 부분에서 나온 이름이었다.

"약문에의 공격은 모든 게 할아버지의 손에서 계획된 일이에요."

진자강은 뒤돌아 선 채로 가만히 서 있었다. 다시금 당청의 이름을 되새기는 듯했다.

"할아버지가 무슨 생각으로 독문을 부추겨 약문을 공격했는지……."

"더 말하지 마십시오. 직접 묻겠습니다."

"……예?"

진자강은 고개도 돌리지 않고 그대로 돌아가 버렸다.

당하란은 자신의 앞에 굴러다니는 흙 묻은 주먹밥을 주워 들었다. 배는 고프지 않았지만 댓잎을 벗겨 내고 한 입을 베어 물었다.

우물우물.

목이 메었다. 흙 때문에 텁텁하고 맛이 없었다. 목이 메어 죽을 것만 같았다.

하지만 주먹밥에서 따스한 온기가 느껴졌다…….

당하란은 소리 없이 흐느꼈다.

당가의 비밀을 털어놓은 이상, 이제 당하란은 당가로 돌아갈 수도 없게 되었다.

그런데 당하란이 문득 인기척을 느끼고 고개를 들었을 때, 풀숲 옆에서 누군가 서 있는 게 보였다.

소소가 복잡한 표정으로 당하란을 쳐다보고 있었던 것이다.

거처로 돌아온 진자강은 당연하게도 마음이 심란하여 쉽게 잠자리에 이르지 못했다.

자리를 털고 나와 늘 수련을 하던 장소로 갔다.

이미 단령경이 그 자리에서 가부좌를 틀고 운공 중이었다. 진자강이 자리를 피해 주려 하자 단령경이 입을 열었다.

"노채산에서 망료를 만났을 때, 그가 광혈천공을 쓰는 것을 보았네."

진자강이 걸음을 멈추고 뒤돌아보았다.

자신의 광혈천공이 어디에서 유래한 것인지 이제야 확실하게 알게 된 진자강이다.

진자강이 조용히 말했다.

"그는 몇 번이나 나를 죽일 기회가 있었습니다. 암부에서도, 독곡에서도. 그런데 오히려 제게 광혈천공을 심어 주었단 말입니까?"

"말했듯, 광혈천공은 수배로 내공을 증폭시켜 일거에 쏟아 붓는 수법일세. 합마공에서 연유했으나 훨씬 거칠고 괴악하지. 그 파괴력은 마교의 절세무공인 오뢰진천공에 버금간다네."

단령경이 하고 싶은 얘기는 그 뒤에 있었다.

"그러나 극도의 파괴력만을 추구한 결과, 몸의 붕괴가 필연적으로 따르지. 그자가 자네에게 광혈천공을 주입한 이유가 무엇이겠는가."

한 가지밖에 결론을 내릴 수 없다.

"소협에게 고통을 주기 위해서. 적어도 나는 그렇게 생각하네. 그의 집착은 매우 기이할 정도일세. 기실 내가 노채산으로 간 것도 그의 의도를 알아보기 위험이었다네."

"그때는 선랑께서, 그리고 이번엔 당 소저가 함정에 빠졌지요."

"함정에 빠진 것은 당 소저가 아닐세."

진자강의 눈이 가늘어졌다. 왠지 모르게 감이 왔다.

"청성파?"

"소협은 비웃을지 모르나, 이번만큼은 여자로서의 감일세."

"비웃지 않습니다. 저도 같은 생각을 하고 있습니다"

"아무래도 청성파로 온 건 내가 잘못된 선택을 한 것 같군. 청성파에 폐를 끼쳤어."

"받아들인 건 청성파이니, 책임은 청성파가 져야겠지요."

"복천 도장의 말씀대로 소협은 너무 정이 없네. 너무 옳은 말을 하면 사람이 모나 보이는 법일세."

하나 진자강은 웃지 않았다. 잠시 뜸을 들이던 진자강이 물었다.

"선랑께서는 독문이 왜 약문을 공격했는지 알고 계십니까?"

"막연한 추측뿐이네만. 약문의 조직과 세력을 모조리 흡수하려 한 것이 아닌가."

"약문의 사람들은 고문을 당했습니다. 평범하게 흡수하려 하였다면 왜 그랬을까요."

"비전을 캐내기 위해서?"

진자강이 말했다.

"조금 전, 당 소저와 얘기하면서 문득 떠올랐습니다. 당가는 대량 생산이 가능한 절독을 연구하고 있었더군요."

"당가에서 늘 하고 있던 일이지. 새삼 놀랄 만한 얘기는 아닐세."

"그러나 고수들은 내공으로 독을 억눌러 독성의 발발을 중지시킵니다. 마사불은 청철혈선사에 몇 차례나 중독되었는데도 오랜 시간을 버텼습니다. 그리고 그건 선랑께서도 마찬가지입니다."

단령경이 천천히 고개를 끄덕였다.

"자신도 모르게 중독되었으면 모를까, 안 후부터는 대응이 가능하지."

"그런데 대량 생산한 독으로 고수를 잡는 게 가능하겠습니까? 사람의 체질에 따라서 약도 독이 되고, 독이 약도 됩니다. 일반인이나 평범한 무인이라면 모르나 내가기공의 고수에게는 절대로 불가능합니다."

단령경은 진자강의 얘기가 점점 더 심각한 상황으로 가고 있다는 걸 깨달았다.

"무슨 말을 하고 싶은 건가?"

"만일 당가의 독이 무림 고수를 상대하기 위해서라면 다른 방법이 필요하다는 뜻입니다."

"그것이 약문을 공격한 이유와 관계가 있다는 건가?"

진자강이 고개를 끄덕였다.

"강호의 약문은 직접 약제를 제조하기도 하지만, 재배하고 채집하는 약초의 대부분을 외부와 거래합니다."

"그렇지. 그것은 당연한 얘기가 아닌가."

"약초는 지역의 약재상, 혹은 지역 문파와 직접 거래합니다. 저도 거래에 몇 번 따라간 적이 있습니다."

단령경의 눈이 조금씩 커졌다.

진자강이 단령경을 똑바로 바라보며 나지막이, 하지만 확신에 찬 어조로 말했다.

"따라서 약문의 거래 장부를 모두 입수하면 각 지역 문파에서 쓰는 약초의 종류를 모두 파악할 수 있습니다."

단령경은 등줄기에 벼락을 맞은 듯 몸을 떨었다.

"이런……!"

무림 문파는 특성상 수련 중의 부상이 매우 잦다. 따라서 문파에서 늘 구비해 두는 약초가 있기 마련이다.

특히나 외상보다도 내상이 중요한 경우가 많다. 그런 경우 두말할 필요 없이 자파의 내공심법에 가장 잘 어울리는 약초를 쓰기 마련이다.

양강(陽剛)의 무공으로 내상을 입었으면 음한(陰寒)의 약초로 다스리고, 목(木)의 기운이 강해 내상을 입었으면 금극목(金克木)에 따라 금의 기운을 가진 약초로 목의 기운을 억누른다.

그러니…….

각 문파에서 거래한 약초의 종류를 알면 해당 문파가 가진 내공심법의 상성을 찾아낼 수 있게 된다!

아무리 시간이 오래 걸린다 한들.
그 조합이 아무리 어렵다 한들.
연구를 계속하다 보면 언젠가는 반드시 약점을 알아낼 수 있게 되는 것이다.
제아무리 고수라도 결국은 자파의 내공심법이 가진 한계에 종속되기 마련. 당가에서 그것을 캐내는 순간 반대 성질을 가진 독의 먹잇감이 되고 만다.
독문이 약문을 먹어 치운 지, 이미 근 십 년이 되어 간다.
벌써 어지간한 준비는 끝났을 것이다.
단령경이 중얼거렸다.
"무공이 떨어지는 무인들은 독력(毒力)을 극대화하여 대량 생산한 독으로, 상승의 고수들은 개별적으로 맞춘 독으로……."
그것이 의미하는 바.
단령경의 눈이 크게 부릅뜰 수밖에 없었다.
"당가는…… 천하를 도모할 셈인가!"

천하를 도모하려는 이가 당가뿐일 터인가.

온갖 승냥이들이 호시탐탐 천하를 노리고 있다.

그러나 지금 이 순간 가장 위협적인 것은 바로 당가가 될 수 있었다.

그것도 매우 치명적으로.

단령경은 한동안 말을 잇지 못하고 숨까지 멈췄다가 한참 만에야 길게 숨을 내쉬었다.

그러곤 진자강을 바라보았다.

다른 사람도 아닌 약문에서 어린 시절을 보낸 진자강이기에 이 같은 일을 유추해 낼 수 있었을 것이다.

"소협의 말이 사실이라면…… 강호에 대풍랑이 다가올 것이네. 그것도 생각보다 빨리."

진자강이 울분을 참으려 어금니를 꽉 깨물었다.

"그런 일은 없을 겁니다. 풍랑이 오기 전, 제가 우리 약문 일파의 억울한 죽음 뒤에 얽힌 진정한 흑막을 반드시 밝혀낼 테니까요."

*   *   *

이삼백 명은 족히 들어갈 수 있을 법한 지하의 공동(空洞).

사방에 횃불이 밝혀져서 공동 안은 대낮보다도 환했다.

입구와 출구는 각기 하나씩뿐인데, 당청이 들어온 곳은 그중의 한 곳이었다.

넓은 공동의 가운데에 당청이 혼자 나와 섰다.

공동의 가장자리로는 수십 명이 넘는 학사 차림의 이들이 둘러서 있어서 당청을 응시하고 있었다.

"열어."

당청의 명령에 한 곳 입구의 쇠창살이 들렸다.

그륵그르르륵.

이어 그곳에서 삼십 대 정도로 보이는 무인 한 사람이 쇠사슬에 손발을 묶인 채 비틀거리며 나왔다. 그가 나오고 곧바로 쇠창살이 내려와 닫혔다. 그가 횃불에 눈이 부신 듯, 양손을 들어 눈을 가렸다.

"약은?"

당청의 질문에 학사 한 명이 대답했다.

"한 시진 전에 먹여 두었습니다. 이제 내공을 거의 회복했을 것입니다."

그 말을 들은 무인이 주변을 둘러보더니 내공을 끌어 올렸다.

"으으으으으으!"

무인이 손에 힘을 주자 근육이 불끈거리더니 손에서 쇠사슬이 끊겨 나갔다.

빠캉!

무인의 눈에 서서히 정광이 어리기 시작했다.

무인은 당청을 보고 이를 갈았다.

"네놈이…… 우두머리냐?"

"그렇다네."

"네놈들은 뭔데 감히 나를 납치하였느냐!"

당청이 읊었다.

"화산파의 삼십오 대 제자 문평. 스승의 이름은 함근. 익힌 내공은 자하신공 월(紫霞神功 月). 자하신공 월은 자하신공을 근간으로 만들어진 심법으로 장문인이 아니어도 배울 수 있다지?"

문평이 흠칫 놀랐다.

"내가 화산의 제자인 걸 알고도 납치하다니. 네놈들은……."

문평은 당청을 가만히 보더니 눈을 치켜떴다.

"그 외모…… 설마…… 염왕?"

"아, 맞네. 내가 염왕이야."

"어째서 당가가 화산파를! 아니. 전대의 선배가 왜 나를 납치한 것이외까? 더구나 염왕 선배는 나와 일면식도 없지 않소!"

"미안한데 한 시진이 되었다니 더 들어 줄 시간이 없군.

일단, 저 출구를 지나면 자네는 자유야."

당청이 대각선 쪽에 있는 출구를 가리켰다. 출구는 문이 열려 있었고 아무도 막는 자가 없었다.

"나는 거짓말을 안 해. 막는 사람은 나뿐이야. 가 봐."

문평이 손을 폈다가 꽉 감아쥐었다가를 해 보았다.

화륵.

손에서 자줏빛의 기운이 불꽃처럼 어렸다가 사라졌다.

내공의 운용에 문제가 없다는 걸 확인하자 문평의 눈이 살기를 띠었다.

"연유는 알 수 없으나 화산의 제자를 핍박한 것을 후회하게 해 주겠소. 내게서 얻어 낼 것은 아무것도 없을 것이외다."

"말했는데, 시간이 없어. 길어야 앞으로 반 각……."

당청이 우물거리는 동안, 문평이 땅을 박찼다.

파앙!

갇혀 있는 동안 내공을 잃었다가 지금은 내공을 완전히 되찾은 후라 전혀 거칠 것이 없었다.

화산파의 보법인 암향표(暗香驃)를 극대로 펼쳐서 몸이 세 개의 그림자가 되어 쏘아졌다.

문평은 화산파의 삼십오 대 제자들 중에서도 손꼽는 실력을 가진 무재였다. 강호에서 검공의 최고봉으로 꼽히는 화산파다. 화산파에는 수많은 인재들이 즐비하다.

그런 화산파에서 두각을 나타냈다는 것만으로도 문평의 실력은 따로 검증이 필요 없는 것이었다.

세 개의 그림자 중에 두 개가 각기 다른 보법을 펼치면서 당청의 눈을 현혹시켰다.

오행보(五行步).

둔각보(鈍脚步).

오행보는 절제되어 단순한 움직임이면서도 변화가 무쌍하고, 둔각보는 정적이면서도 밀리지 않을 듯 묵직하다.

오행보의 그림자가 권을 뻗었다.

쉭! 쉭!

바람 소리가 크게 일었다.

왜소한 체구의 당청은 맞지 않아도 날아갈 듯 강력한 권풍이었다. 당청은 뒷짐을 지고 슬쩍 몸을 좌우로 기울이는 것만으로 권풍을 모두 피해 냈다.

당청이 손을 들어서 위에서 아래로 그었다.

훅!

대번에 오행보의 그림자가 반으로 갈리며 사라졌다.

둔각보의 그림자가 묵직한 진각을 밟으며 당청의 옆에서 발을 찔러 왔다. 발전체가 나선(螺旋)의 흐름을 일으키며 발끝이 송곳처럼 당청의 목덜미를 파고들었다.

그렇지만 둔각보의 그림자 발끝은 당청의 손아귀에 잡혀

서 더 이상 앞으로 나아가지 못했다.

파아아앙!

나선의 흐름은 역으로 되돌려져서 둔각보의 그림자가 되레 거꾸로 돌아갔다. 몸 전체가 뱅그르르 돌다가 찢겨지듯이 발이 떨어지며 그림자가 사라졌다.

휙…….

당청의 머리 위.

한껏 뛰어오른 문평의 잔상이 온 힘을 다해 당청의 정수리를 양손 손바닥 아랫부분으로, 땅을 찍듯이 내려쳤다.

"고룡천하(古龍天下)!"

엄청난 양의 자하기가 뿜어져 나왔다. 순간 당청은 물을 뒤집어쓴 것처럼 자하기의 폭포를 맞았다.

당청이 가만히 선 채로 호신강기를 뿜어냈다.

콰앙!

가는 실처럼 수없이 뿜어진 자하기가 당청의 호신강기를 계속해서 갉아먹었다.

가가가각!

불꽃이 튀고 자하기의 빛이 더 진해졌다.

와지끈.

당청의 호신강기가 부서지는 순간 다시 한 번의 기가 안에서부터 뿜어져 나오며 당청의 옷을 팽팽하게 부풀렸다.

호신강기 안의 연속된 철포삼.

아직 당청은 여력이 있다는 뜻이다. 결국 고룡천하의 자하기는 철포삼까지는 뚫지 못하고 가닥가닥 깨져서 튕겨 나갔다.

문평은 남은 자하기를 모두 쏟아 냈다.

"으아아아아!"

콰과광—!

지독한 폭음과 돌가루가 날렸다. 문평은 그 순간 몸을 날려서 출구로 뛰었다. 그의 등짝은 갈라져 있었고 다리 한쪽은 허벅지에서부터 뜯겨 나가 있었다.

오행보를 펼치며 등을 맞았고 둔각보를 쓰며 다리를 뜯긴 탓이다.

그것이 전부 그림자인 줄 알았는데 실제였던 것이다! 화산 신법의 현묘함이 드러난 순간이었다.

그러나 그 신법을 전부 꿰뚫고 문평의 공격을 파훼해 낸 당청이 더 대단했다.

역시 염왕!

문평은 상대가 되지 않는 것을 깨닫자, 온 힘을 다해 외발로 질주했다. 내공이 남아 있기에 한 번 발을 찰 때마다 일이 장씩 몸이 날아갔다.

"흥."

당청이 가만히 그 모습을 보다가 자신의 갈기 같은 머리카락에서 흰 머리카락 몇 가닥을 뽑았다. 가뜩이나 뻣뻣한 머리카락에 내공을 주입하니 바늘처럼 꼿꼿하게 섰다.

당청이 머리카락을 쥐고 던졌다.

쉬익!

잘 보이지도 않는 머리카락이 암기가 되어 날아갔다.

문평은 온 힘을 다해 도주하다가 등 뒤에서 서늘함을 느끼고 몸을 틀었다. 공중으로 뛰어 몸을 회전시켜서 암기를 튕겨 내려 했다.

그러나 머리카락은 문평이 일으키는 공기의 흐름에 튕겨 나가지 않고 흐름에 말려서 같이 돌았다. 문평이 회전을 멈추자 그대로 빨려 들듯이 문평의 요혈들에 꽂혔다.

"으윽!"

문평은 팔다리가 일그러져서 몸이 굳었다.

당청이 천천히 문평에게로 다가갔다. 몸이 굳어서 팔다리가 부러진 허수아비 같은 묘한 자세로 있는 문평이 당청을 노려보았다.

당청은 개의치 않고 품에서 환단 한 알을 꺼냈다.

"독약이야. 죽고 싶지 않으면 자하신공 월을 일으켜서 막아 봐."

당청은 문평의 턱을 눌러 강제로 입을 벌리게 한 후 입 안에 환단을 집어 넣었다. 문평은 삼키지 않으려 했지만 이미 입 안에 들어온 순간 환단은 물처럼 녹아 목으로 넘어갔다.

당청이 문평의 등을 힘껏 쳐서 점혈을 풀어 주었다. 문평은 몸을 움직일 수 있게 되자마자 땅을 박차고 옆으로 굴렀다.

내공을 극한으로 끌어 올려서 독기에 대항했다. 자신이 먹은 것이 분명한 독약임을 알았다.

하지만 문평의 눈에 실핏줄이 터지며 눈이 피로 물들었다. 코에 피가 맺혔다. 분명히 내공을 끌어 올리고 있는데 독기에 대항할 수가 없다?

털썩.

한쪽 무릎을 꿇은 채 문평은 입에서 시커먼 피를 뿜었다.

"끄윽."

주르륵.

눈과 코에서도 피가 흘렀다.

문평은 그대로 고꾸라졌다.

쿵.

몸을 들썩이며 연신 죽은피를 토해 냈다.

꿀럭, 꿀럭.

눈은 뒤집혔고 입에는 거품을 물었으며 몸은 사시나무처럼 계속해서 떨린다.

그 모습을 작은 눈으로 쳐다보며 당청이 웃었다.

"이히— 잇! 내가, 시간이 없다고 했지? 네놈에게 남은 시간이!"

당청의 눈빛이 번뜩였다.

귀밑까지 찢어진 기괴한 얼굴로 크게 소리쳤다.

"곧 자하신공을 정복할 날도 머잖았도다!"

*　　　*　　　*

진자강은 미친 듯이 수련에 매진했다.

내공 수련뿐 아니라 무기술에도 몰두했다. 하루 종일 낫을 휘두르고 암기를 던졌다.

하루가 지나고 나면 전신이 피에 흠뻑 젖어서 완전히 지옥에서 올라온 괴물같이 보일 지경이었다. 당하란을 만나기 전보다 더욱 심해졌다.

보는 이들마저 심란하게 만드는 광경이었다.

편복과 운정은 아예 멀찍이 떨어져서 진자강에게 가까이 가지도 않았다.

"어휴, 저 미친 듯한 살기 좀 봐. 손만 대도 베일 것 같으네."

"원시천존. 심합니다. 심해요. 저는 감히 근처도 못 가겠습니다. 제 청정심이 살의에 물들까 봐 두렵기까지 합니다."

"세상에 좋은 게 많은데 왜 저러고 사는지 모르겠다니까. 오늘 수련을 안 하면 내일 죽을 것 같은 모습으로 말이지."

"저는 한편으로는 좀 부럽기도 합니다."

"운정 도사가 왜?"

"하도 땡땡이를 쳐서 매일 스승님께 혼났거든요. 만약 제가 아니라 독룡 도우가 스승님의 제자였다면 스승님께서 예뻐하셨겠지 싶어서요."

편복이 "쯧쯧" 하면서 혀를 찼다.

"정말? 저런 놈을 예뻐한다고? 복천 도장께서 저놈의 성격을?"

잠시 생각해 보던 운정이 히죽 웃었다.

"역시 아무리 스승님이시라도 독룡 도우를 예뻐하지는 않으셨을 것 같네요."

"맞아맞아. 그렇다니까. 저런 외곬으로 구는 놈은 저 혼자 알아서 하라고 그냥 내버려 두고……."

편복이 운정을 꼬셨다.

"저번에 하던 주사위 놀이나 계속 배워 보십시다, 재밌지 않았소?"

"그런데 도사가 이런 걸 자꾸 해도 됩니까?"

"아이, 괜찮아. 알아야 안 당하지. 술도 어른에게 배우라는 말이 있잖소이까."

"헤헤…… 재밌긴 재밌더라고요."

"그럼 내공 쓰기 없기."

편복과 운정은 집 마당의 나무 그늘에 쪼그리고 주사위 놀음을 했다.

단령경은 처마 아래에 앉아 그 모습을 보면서도 별말을 하지 않았다.

당하란이 마주 앉아 있다가 차를 마시며 말했다.

"미안합니다."

"그대가 미안할 일이 있던가?"

"제가 해독약을 잘못 가져왔으니까요."

"그야 소저의 잘못이라고 할 수 없는 일일세. 세상을 살다 보면 이런 일도, 저런 일도 다 있는 법."

"하지만……."

단령경과 당하란의 눈에 종종걸음으로 집을 나가는 소소의 뒷모습이 보였다.

진자강의 먹을 것을 챙겨 수시로 진자강의 수련장소에 가져다 놓는 것이다. 진자강이 수련에 열중하느라 끼니를 놓쳐 음식이 식으면, 다시 따뜻한 것으로 바꿔 놓고 식은 음식을 가져왔다.

그렇다 보니 하루에 대여섯 번이 넘게 오가는 일도 허다했다.

그런 소소를 보고 있으면 당하란은 기분이 이상해졌다.

일전에 자신을 보고 있던 소소의 눈빛이 자꾸만 가슴에 남았다.

당하란은 자기도 모르게 가슴이 답답해졌다.

*　　*　　*

망료는 아미파를 찾았다.

아미산은 금남의 구역이다. 망료도 아미파의 본산이 있는 금정봉의 경내까지는 들어갈 수 없었다.

대신 산문 밖, 아미파에서 마련한 작은 접객당에서 아미파의 장문인인 인은 사태(仁恩師太)를 만났다.

망료는 목발을 내려놓고 공손하게 합장하며 인은 사태와 인사했다.

"나무아미타불 관세음보살. 아미의 신니, 장문 사태를 뵙겠소이다."

승모를 쓴 인은 사태도 양손을 모아 합장했다.

"아미타불. 성불하소서."

강호에서 신니로 불리는 인은 사태는 놀랍게도 마흔 중반의 나이였다.

고강한 무공 덕에 외모는 이십 대의 처녀와 같고 미색도

비구니에 어울리지 않게 고왔다.

겉으로 보면 수줍음이 많고 말수가 적어서 도무지 무림의 불문(佛門) 중 한 축을 담당하는 문파의 장문인이라는 생각이 들지 않을 정도였다.

하나 나이가 적음에도 장문의 자리에 오른 것은 결코 무공이 높기 때문만은 아닐 것이리라. 선대의 파격적인 발탁으로 장문이 된 이상, 그 이상의 것이 있음이 분명했다.

인은 사태가 옆에 있는 비구니를 망료에게 인사시켰다.

"저의 사자(師姉)되는 묘월 스님입니다. 당가에서 보내주신 약 덕분에 일찍 완쾌할 수 있었습니다."

"별말씀을 다 하십니다."

망료는 가벼운 미소까지 지으면서 인사를 나누고 그 옆에 있는 묘월을 보았다.

묘월은 비구니답지 않게 무언가에 화가 난 얼굴을 하고 있는데, 깡마른 인상의 노비구니였다. 망료처럼 왼쪽 눈에 안대를 했고 오른손의 검지는 한 마디가 잘려 없었다.

묘월은 중독에서는 벗어났으나 정신적인 충격에서 벗어나지 못했는지 아직 얼굴이 핼쑥했다.

망료가 자신을 빤히 쳐다보자 묘월의 한쪽 눈에 심지가 켜졌다.

"뭘…… 보는…… 가……."

망료를 씹어먹을 듯한 투로 말을 내뱉는 묘월이다.

인은 사태가 손님에게 무슨 행동이냐는 듯 묘월을 나무랐다.

"묘월 사자, 그러시면 아니됩니다. 이분 덕분에 사자의 병세를 빨리 치료할 수 있었어요."

묘월은 인은 사태의 말에 입을 다물었지만 한쪽 눈은 여전히 부릅뜨고 망료를 노려보았다. 망료가 성큼 다가들어 거의 얼굴을 마주볼 정도로 가까이에서 묘월의 다친 눈을 쳐다보았다.

묘월의 얼굴이 화가 나서 시뻘게졌다. 망료에게 모욕당했다고 생각한 표정이었다.

불살검을 쥔 묘월의 손이 부들부들 떨렸다.

그러나 묘월에게 망료가 던진 한마디는 전혀 의외의 것이었다.

"아팠소?"

묘월이 눈을 치켜떴다. 불살검이 금방이라도 뽑혀 나올 듯했다.

"사자!"

인은 사태의 외침에 겨우겨우 인내의 끄트머리를 붙들고 참는 듯했다.

하지만 망료는 여전히 말을 계속했다.

"나는 매우 아팠소. 참을 수가 없이 아파서 견딜 수가 없었소."

망료는 자신의 눈과 무릎 아래에서 잘려 나간 오른발, 그리고 무릎 위까지 절단한 왼발을 차례로 가리켰다. 의족으로 바닥을 쳐서 딱딱 소리를 냈다.

"눈 하나도 그렇게 아팠는데, 양발을 다 잃었소. 차례차례. 그것도 한 놈에게."

멈칫.

그제야 묘월의 표정이 풀렸다.

"많이…… 아팠겠구려."

"그렇소. 하지만 더 억울한 것은."

망료가 어처구니가 없다는 손짓을 해 가며 고개를 설레설레 저었다.

"복수를 하고 싶어도 할 수가 없다는 것이오."

"어째서…… 인가?"

"그놈을 죽이고 싶은데, 놈이 어디에 있는지도 아는데 그럴 수가 없거든. 보이기만 하면 바로 쳐 죽일 수 있는데 말이오."

망료가 주먹을 꽉 쥐고 이를 갈았다.

묘월이 의아해져서 물었다.

"놈이 어디에 있는데 그러…… 시는가?"

"청성파가 보호하고 있소."

"그것참 기이한 인연이군. 내 눈을 이렇게 만든 놈도 청성파에서 보호하고 있다 들었……."

망료가 묘월과 눈을 마주치며 고개를 끄덕였다.

"그렇소이다. 우리 둘 다 똑같은 놈에게 당한 거요."

망료가 한 글자 한 글자를 천천히 말했다.

"독. 룡."

그 순간 묘월의 얼굴이 마귀처럼 일그러졌다. 당장이라도 청성파로 달려나갈 것 같은 투로 외쳤다.

"장— 무— 운— !"

인은 사태가 곤란한 얼굴로 한숨을 내쉬었다.

"아아, 정말로. 저희 묘월 사자를 그렇게 부추기시면."

묘월이 침까지 튀며 광분했다.

"이 모자란 사자를 보내 주시게! 당장 가서 청성파의 도사들을 때려눕히고 독룡이란 놈에게 급살(急煞)을 맞게 해 주어야겠네! 그러지 않으면, 그러지 않으면 나는 이 원한을 결코 삭일 수가 없겠네!"

묘월의 얼굴이 상기되었다. 화를 토해 내느라 너무 힘을 주었는지 안대에서 진득한 한 줄기의 핏물이 흘렀다.

"으으으으!"

고통과 원한이 뼈에 사무친 듯했다.

"아미타불. 장문으로서의 명령입니다. 사자는 얘기가 끝나지 않았으니 진정하세요."

묘월은 씩씩거리면서 이를 악물었다.

인은 사태는 고개를 절레절레 젓고는 망료에게 물었다.

"휴. 아무래도 조용히 지나가기는 글렀군요. 하시고자 하는 말씀이 무엇입니까?"

"단도직입적으로 말하겠소이다. 청성파를 먹어 치울까 하는데……."

그 말을 들은 묘월은 크게 흥분했다.

그러나 인은 사태는 아무런 표정의 변화도 없었다. 역시나 인은이 괜히 아미파의 장문인이 된 게 아니다.

이 정도의 인물인 줄은 망료도 전혀 몰랐다.

그러면 굳이 더 말을 빙빙 돌릴 필요가 없다.

마침내 망료는 대놓고 본색을 드러냈다.

"아미파도 동참하시겠소이까?"

그런데 이 놀라운 제안을 듣고도 인은 사태는 아까와 똑같은 얼굴인 것이다. 오히려 평온한 얼굴로 되물었다.

"당가의 대표로 오신 것입니까?"

망료는 당청이 준 염라패를 들어 보였다.

"일인지하(一人之下)의 자격으로."

"염왕께서 허락했다는 건 당가의 뜻이라고 봐도 무방하

겠군요."

"그렇소."

여전히 인은 사태는 별다른 표정의 변화가 없이 대답했다.

"그럼 그럴까요?"

〈다음 권에 계속〉

『제왕록』, 『무림에 가다』 시리즈의 작가 박정수
그가 거침없는 현대 판타지로 돌아왔다!

『신화의 전장』

주먹을 믿지 마라.
우리가 살아가는 이 땅에 인간을 벗어난 자들이 존재한다.

dream
books
드림북스

ORIGINAL FANTASY STORY & ADVENTURE
나민채 판타지 장편소설
『죽지 않는 무림지존』『천지를 먹다』『마검왕』
베스트셀러 작가 나민채의 신작!
[시간 역행을 하시겠습니까?]
[모든 능력이 리셋 됩니다.]
[날짜를 선택 하여 주십시오.]
"1985년 2월 28일. 내가 태어났던 날로."
전생자
dream books
드림북스

하라간
쥬논 판타지 장편소설
핏빛 판타지의 연금술사, 쥬논.
그가 펼치는 공포와 선혈의 환상 세계!
『흡혈왕 바하문트』, 『샤피로』를 잇는 그 세 번째 이야기.
검푸른 마해(魔海)의 세계에 그대를 초대합니다.
dream books
드림북스

사 도 연 판타지 장편소설

ORIGINAL FANTASY STORY & ADVENTURE

『용을 삼킨 검』, 『신세기전』 사도연 작가의 신작!

『두 번 사는 랭커』

여러 차원과 우주가 교차하는 세계에 놓인 태양신의 탑, 오벨리스크.
그리고 그곳에 오르다 배신당해 눈을 감아야 했던 동생.
모든 걸 알게 된 연우는 동생이 남겨 둔 일기와 함께
탑을 오르기 시작한다.

★
dream
books
드림북스